百部红色经典

六月流火

蒲风 著

北京联合出版公司
Beijing United Publishing Co.,Ltd.

图书在版编目（CIP）数据

　　六月流火 / 蒲风著 . -- 北京：北京联合出版公司，
2021.7（2023.5 重印）
　　（百部红色经典）
　　ISBN 978-7-5596-5074-0

　　Ⅰ.①六…　Ⅱ.①蒲…　Ⅲ.①诗集—中国—现代
Ⅳ.① I226

　　中国版本图书馆 CIP 数据核字 (2021) 第 030791 号

六月流火

作　　者：蒲　风
出 品 人：赵红仕
责任编辑：高霁月
封面设计：王　鑫

北京联合出版公司出版
（北京市西城区德外大街83号楼9层 100088）
北京新华先锋出版科技有限公司发行
大厂回族自治县德诚印务有限公司印刷　新华书店经销
字数219千字　787毫米×1092毫米　1/16　13印张
2021年7月第1版　2023年5月第3次印刷
ISBN 978-7-5596-5074-0
定价：49.00元

出版前言

为庆祝中国共产党成立100周年，全面展现中国共产党成立以来中华民族辉煌的发展历程、取得的伟大成就和宝贵经验，集中体现中华民族的文化创造力和生命力，北京联合出版公司策划了"百部红色经典"系列丛书，希望以文学的形式唱响礼赞新中国、奋斗新时代的昂扬旋律。

本套丛书收录了近一百年来，描绘我国人民在中国共产党的领导下艰苦奋斗、开拓创新、改革开放的壮美画卷，充分展现我国社会全方位变革、反映社会现实和人民主体地位、弘扬社会主义核心价值观、讴歌中华民族伟大复兴中国梦的100部文学经典力作。

本套丛书汇集了知侠、梁晓声、老舍、李心田、李广田、王愿坚、马烽、赵树理、孙犁、冯志、杨朔、刘白羽、浩然、李劼人、高云览、邱勋、靳以、韩少功、周梅森、石钟山等近百位具有代表性的中国现当代著名作家。入选作品中，有国民革命时期探索革命道路的《革命的信仰》《中国向何处去》，有描写抗日战争的《铁道游击队》《敌后武工队》《风云初记》《苦菜花》，有描绘解放战争历史画卷的《红嫂》《走向胜利》《新儿女英雄续传》，有展现新中国建设历程的《三里湾》《沸腾的群山》《激情燃烧的岁月》，有寻找和重建民族文化自信的《四面八方》，也有改革开放后反映中国社会现状、探索中国道路的《中国制造》，同时还收录了展现革命英雄人物光辉事迹的《刘胡兰传》《焦裕禄》《雷锋日记》等。

本套丛书讲述了丰富多样的中国故事，塑造了一大批深入人心的中国形象，奏响了昂扬奋进的中国旋律。这些经历了时间检验的文学作品，在艺术表现形式、文学叙述方式和创作技巧等方面都具有开拓性和创造性，作品的质量、品位、风格、内涵等方面都具有很高的水准，都是有筋骨、有道德、有温度的优秀作品，很多作家的作品都曾荣获"五个一工程奖""茅盾文学奖""鲁迅文学奖""国家图书奖"等奖项。

为将该套丛书打造成为集思想性、艺术性、时代性为一体，展现新时代文学艺术发展新风貌的精品图书，北京联合出版公司成立了由出版界、文学艺术界的资深专家和学者组成的编辑委员会。他们从文学作品的历史价值、文学价值、学术价值、现实意义等维度对作品进行了深入细致的研读和筛选，吸收并借鉴了广大读者的意见与建议，对入选作品进行深入细致的分析与综合评定，努力将"百部红色经典"系列丛书打造成为政治性、思想性和艺术性和谐统一的优秀读物，向伟大的中国共产党成立100周年这一光荣的日子献礼！

目 录

鸦　声[1]

惨白色的天空中，
突有一只孤鸦飞过。
"哑……哑……"几声，
它像要把所遇见的事情向人们传播。

"我飞到东：
我看见恶人们在喜气洋洋。
但被压迫的大众，
却时常和他们作激烈的反抗。

"我飞到西：
这西边终究只是片片沙漠，
民气还是非常不开，
唯有恶人们刻不容缓地把他剥削；劫掠。

"我飞向南方：
南方紧紧地接着海洋；
苛捐杂税层出不穷，
民众们反抗统治者的浪潮与日俱长。

"再飞向北方：

---

[1] 本书收录的作品均为蒲风的代表作。其作品在字词使用和语言表达等方面均具有鲜明的时代特色。此次出版，根据作者早期版本进行编校，文字尽量保留原貌，编者基本不做更动。

北方有的是魑魅魍魉；

但大众们都起来自动反抗，

统治者们无日不在魂飞魄荡。

"我停留于中部；

到处都有残酷的屠杀，

到处都有草菅人命的屠场。

但是，人们哟！新鲜的旗帜在飘扬！"

惨白色的天空中，

突有一只孤鸦飞过。

"哑……哑……"几声，

它正在把它所遇见的事情向人们传播。

一九二八年。

录自《茫茫夜》，1934 年 4 月 20 日国际编译馆出版。

晚　霞

血红的太阳

已在西方的椰林下隐藏，

归巢的鸟雀们

正在树枝上等候它们的伴侣。

白昼对黑夜顽抗，

犹显示它最后的现象（红霞）

在天际的西方。

呵！朋友！

这西方天际的晚霞，

虽说是白昼将终的最后的悲笳；

但你不必悲哀，慌忙，

这黑夜呀，

到底不能永久地遮住四方！

哦！朋友！当东方甫白的时候，

可不是天际依旧毕现着红霞？

小鸟们婉转地奏着欢迎歌，

那不是说："黑夜已经加上锁枷！"

哦！朋友！

现在夜神已毕露他们的爪牙，

他们把一切求光明的人们抓拿。

可是，我们一点

也不必悲哀，失望，吁嗟，

那天际呵，

可不是仍在溅起黑白鏖战的血花？

由鲜红的血花里将建起新的明天，

明朝，明朝呀，

黑暗也会带上锁枷，

纵临头的是无边的暗夜，

我们怎用去悲哀，失望，吁嗟！

血红色的太阳

已在西方的椰林下隐藏，

归鸟们正在树枝上

等候他们的伴侣。

白昼犹在对黑夜顽抗，

那鲜红的红霞

正高画在天际的西方。

一九二九年六月十三日于南洋马冷。

录自《茫茫夜》，1934 年 4 月 20 日国际编译馆出版。

火、风、雨

火！火！火！
　　心火！
燃烧，燃烧，燃烧呀，
　　把你的赤心炸裂，
　　把你的躯体熔销！
再燃烧，再燃烧，再燃烧呀，
　　把囚禁你的屋宇烧掉，
　　把窒息你的社会烧焦！

风！风！风！
　　狂风！
狂吹，狂吹，狂吹呀，
　　把那些砂石猛扫，
　　把那些洋房吹倒，
再狂吹，再狂吹，再狂吹啊，
　　把那些高低不一的树木拔下，
　　把那些凹凸不平的宇宙推倒！

雨！雨！雨！
　　暴雨！
降呀，降呀，降呀，
　　把满贮毒菌的人心洗净，
　　把满藏秽气的池沼冲毁！
再猛降，再猛降，再猛降呀，
　　把充满了血腥的大地洗净，

把塞满了瘴气的宇宙冲毁！

一九二四年十一月二十四日。
录自《茫茫夜》，1934 年 4 月 20 日国际编译馆出版。

扑灯蛾

熊熊的火焰在燃烧，
　无数的扑灯蛾齐向火焰中扑跳；
——先先后后，
　没有一个要想退走！

哦！你渺小的扑灯蛾哟！
　难道你不知道这烈火会把你烧？
难道你不曾看见
　许许多多的同伴已在火中烧焦？

为着坚持自己的目标奋斗到底，
　——不怕死！
为着不忍苟全一己的生命，
　——不怕死！
扑灯蛾！扑灯蛾！
　是否你们因此而继续
　不断地投在火焰里？

熊熊的火焰在燃烧，
　无数的扑灯蛾已在火中烧焦！
　先先后后，没有一个要想退走！

啊啊！它们没有一个要想退走！

一九二九年旧作，一九三〇年三月十一日改抄于马冷。
录自《茫茫夜》，1934 年 4 月 20 日国际编译馆出版。

从黑夜到光明

一更，二更，
　夜色深沉。
更鸡开始叫喊，
　啊！黑夜依旧沉沉！
三更，四更，
　光明已经有了些少眉目；
鸡儿继续叫喊，
　啊！黑夜已经乱了阵足！
五更儿，
　黑夜收了残局；
鸡儿高奏着凯歌，
　啊！光明展开了篇幅！

一九三〇年春。
录自《茫茫夜》，1934 年 4 月 20 日国际编译馆出版。

海上狂语

细雨霏霏，浓雾迷离；
这时候——是喜？是悲？

海鸟翱翔，波涛嘶唱；
这情景——是快乐？是哀伤？

悲壮的海风，
不住地狂吹。
——是替我们抱着不平？
——是替我们伸气？

狂风，狂风，狂风哟，
你请尽你的能力吹罢！
这船上秽物，舱间的浊气……
一切的一切，都请把它
吹个半根莫赦！

啊啊！你颠簸着的船儿呀，
你就沉落到海底里去罢，
我的毕生不外如斯，
且勿管那些年青同胞
　错受这种酬谢。

啊啊！你冲天飞回来路的煤烟呵，
你不是暗示我们"不如归去"么？
只有傻子才相信日后
　我们能够荣旋故里，
实在呵，那个不是
　清风两袖或白骨还乡。

烟儿，烟儿，
你冲天向来路飞回的烟儿哟！
你请替我寄封口信，
迅——迅——迅——！

"前面，前面是茫茫云层，
四边，四边是无涯的海。
我悔恨，我悔恨
　不和敌人拼命在故乡，
我悲痛，我悲痛
　将成一个待宰的羔羊。

"过什么番？还不是眼睁睁地
看着自己的同胞被人剥削下去！
发什么财？还不是
饱吃资本家的气，
得了少许残肴偷欢喜！

"不要渴望出洋串钱或学好呵，
年轻的人儿！
繁华世界实即是屠人地方，
看呀，多少人儿死在这势利乡！

"只要你能够认清你们的出路，
只要你能够知道现实的事故：
故乡和异邦同是一样的工作场，
哪有这里是地狱，那边便是天堂？"

细雨依旧是霏霏，
海鸟依旧在翱翔；
浓雾遮幕着远方，
波涛在近边嘶唱。

这时候，这情景：
暗沉沉，渺茫茫；
惨澹澹的，

没有阳光。

一九二八年旧作，一九三〇年改写于爪哇东邦。
录自《茫茫夜》，1934 年 4 月 20 日国际编译馆出版。

地心的火

火，火，血红的地心的火，
层层的地壳把它压住了。
但总有一天呵，
它会把这些一齐冲破！

夜深——人静，
星星——闪明。
没有月亮，只有习习的初夏的风，
没有鸟鸣，唯有淙淙的流水声音。
船夫们已在梦中，都在梦中，
篷船上微露几点灯光朦胧。
虫儿们精神独展，精神独展，
尽管歌唱着——
歌唱光明殒灭，
曲咏黑夜弥漫。
但那山麓，那崎岖的河岸上，
有二条朦胧的黑影在移动，
移动，不住地向目的地进展。

踏踏的脚步声，
惊动了路旁的宿鸟——
鼓着两翼向黑暗里消亡。

频频的对语，
间着那有节奏的
所携物件的摩擦声，
也曾吓住了虫鸣——
暂时停止了它们的呻吟。
"明天，明天几点？"
"晚上六点——
他们在世间最后的时辰。"
"什么都准备好了吗？
你说……"
"不错，单候我们所携的东西，
只期待那预定的时辰。
他们，他们只是饭桶，
我们怎不旗开得胜！"
"……"
"……"

"起来！……奴隶，……
……，打它个落花流水，
奴隶们，起来！起来！……"
黑暗网不住这悲壮的声音，
地面上不住地移动的
是那二条黑影。
——树枝被风吹动得号号作响，
河滩上的急流的水沙沙地唱吟；
石子时在他们的脚下滚动，
但这些，这些只有增强他们雄心。

白雾依傍黑夜占据着大地，
野兽也借黑暗在地面横行。
但遍地，遍地都隐伏着暴风雨，
光明，光明已在黑暗中苏醒！

看！那闪闪的星星，
伴着那在黑暗中移动的二条人影。
是二个年轻轻的战士在兼赶路程，
他们，他们满怀都是血红的火，
他们要在黯黑的荒原中
点起足以燎原的火星；
他们，他们正待宣布黑暗的死刑，
正待完成他们的使命！

火，火，血红的地心的火，
层层的地壳
终究不能把它长久压倒。
这正是时候呵，
它将会把这些一齐冲破！

一九三二年。

录自《茫茫夜》，1934 年 4 月 20 日国际编译馆出版。

咆 哮

旋风吹过高山，原野，沟壑，
　潜进村落，
在平原，田野，森林上
　疾驰，奔走。
稻草上显现出那急速的浪波，
森林里独有那号号然的战歌。

昔日是卑贱的一群，
终日低头屈背为人作嫁衣裳，
今天，他们都有新的觉醒：

——他们相信自己的伟大力量！
他们的力量足把世界推翻，
只有他们才能创造自己的幸福乡。
闪闪的刀，尖尖的戈，
各种耀目的利器，
× 帜浴在日光里，
无数万的褴褛群在跃动。
一切都是蓬勃，蓬勃生气，
他们每一个
都像长城的任何一块砖，
他们一个一个的
就连成一座铁的长城，
他们要用自己的力量
来护卫他们自己的土地。

敌人的飞机，炮弹在头上飞，
但敌人们终究不能
占领他们的土地一分一厘。
这里，每一亩土地都会咆哮，
足使敌人丧胆；
这里，每一座森林都会唱出战歌，
顿增他们杀敌的勇敢。

这咆哮的旋风吹过山岭，原野，
潜进每一村落，
每一村落的人们，
每一方村落里的土地都在咆哮，
各村落的森林的战歌
日夜都在互相唱和！

一九三二年冬。
录自《茫茫夜》，1934 年 4 月 20 日国际编译馆出版。

星 火

小小的火星，
出现在荒原中；
不用说，人们都对此
有不少的惊恐。
他们都习惯于
没有光没有热的生活中，
他们甘愿屈服在
这平庸的妥协里。
但是，热是摩擦的儿子，
又是光明的母亲。
现今，日夜不停地
齿轮互相接合的转动起来，
哪个抑得住这爆发的光明？
今天，这里显露的
也许只是一点星火，
可是，明天这些不一定
仅会燃烧这荒原，
由人们手里
不会建造起新的城堡吗？

一九三三年二月二十一日深夜。
录自《茫茫夜》，1934 年 4 月 20 日国际编译馆出版。

告诉你

兄弟，告诉你
以我最后话语：
现在，我难能
支持这个废体。
只消一刻儿，
我将与世长辞，
丢下孤零零的
老母和弱弟。

隐藏一切真实，
对于我的老母
只消说："伯母
不要过分悲苦。
为着劳苦大众，
你儿前去尽职；
虽然消息欠明，
必定犹在努力。
反正剩下我们
我们……
我们晓得和他
一样的敬待你。"
至于我的弟弟，
告诉他："休要
为哥毁了前途。
哥哥是对的
没有走上歧路。

显明的，前年
父亲被压死了。
他负了百多债，
利息，田租呀
永远的跟着他！
不是他不勤劳，
也不是运不好，
是不断的压迫
和不停的剥削，
使他永远疲劳；
结末，丢下了
你和我。现今
请你孝敬父母，
但这只是说，
要无碍于……
——你的任务。"
那邻村的少妇，
为她我曾心伤；
你晓得，多么
惹我袋爱，当
我枕在她臂上。
但是，我不能
永远被她占有；
我把我身献给
千万劳苦大众；
只有一颗真心，
解放贫苦朋友。
于是，去年冬，
第一次，我们
对统治者反抗，
子弹伤了我手。
这一次，许是

最后一次交锋，
弹子穿进我胸。
——好，为我
告诉他："不是
医生们欠高明，
实在，小铅弹
业已深深嵌进。
但，我极愉快
为民众死，我
已经尽了责任。
…………
但愿你……康健，
不要……伤心！
…………
…………"

一九三三年三月二十六日。
录自《茫茫夜》，1934 年 4 月 20 日国际编译馆出版。

茫茫夜

——农村前奏曲

一

半夜里，黑幕挂在山峭，
月隐了，繁星也失掉。
天空，天空里漆黑的云团在滚动，
那狂风，狂风在人间骚扰！
　沙……沙……沙……
　号……号……号……

半夜里，沉重的黑幕遮住全村，
不分明，纵是溪流通过了村心。
显出一边是毗邻着的黑的屋脊，
一边是广阔的田野，阡陌层层的。
断断续续的水声好似锣音，
那狂风，狂风里更夹杂着
稀疏的，稀疏的吠声。

　　沙，沙沙沙……

　　汪，汪汪汪……

　　号，号号号……

二

　　沙……沙……沙，号号号！

　　汪……汪……汪，号号号！

母亲，母亲在风声中惊醒，
向着黑暗，她，她睁着大眼睛；
倾着耳朵，谛听，谛听！
耳朵里，耳朵里旋转着种种声音！

　　沙，沙，沙……号，号，号……

　　汪，汪，汪……号，号，号……

拾起破烂的被，
她遮住了身边的乖儿，
小孩哇的一声惊醒了——
"妈，妈……是什么？
暗，暗……什么都看不见；
妈，妈……我怕！"
"睡吧，宝宝！
快亮了，
不要怕！"

　　沙，沙，沙，号号号，

　　汪，汪，汪，号号号！

黑暗，大风，狗吠……
母亲想起了青，
想起她心爱的失踪儿子。
用着慈爱的心，
母亲一边轻拍着身旁的宝宝，
一边低诉着——
"青，儿子，你回来吧，
家里虽然苦，
有我们的双手，总不缺你吃的米，
为什么，为什么你要远离乡里？
是他——那凶恶的兴，
他拿钱放利得罪了你？
是他——那多田的荣，
他抽收租谷触怒了你？
是他——由南洋回来的英，
他有钱买势恼恨了你？

…………

青，儿子，
他们会跟祖宗，风水强，
怪不得他们！怪不得他们！
——何苦和他们作对，青！
有钱有势哪个不怕？
有钱有势哪个不把你恭敬？
归来罢，青！
你没有对他们做什么，
纵是有，看你上代的面上，
他们也会饶赦你的。
在家里，你可以安心做工帮帮家：
你只要安心的做，
菩萨照顾我们，一天三餐哪用怕？
青嫂子也大了，

青，你该当归来呵！
上年，你突的丢弃了家，
你没有告诉我，
对她也没有提及半句话，
她急得暗地里流泪，
她说前世没修今世惩罚她。
据说你和几位同乡跟了穷人军，
你们由此地跑到那地，
又由那城跑到他城；
慢说我家没风水，就是做官，
青，你就不要她
也不要白发的母亲？

…………

唉！黑暗，狗吠，风号……
青，儿子，我想起了你！
……"
　　沙，沙，沙，号号号！
　　汪，汪，汪，号号号！

<h2 style="text-align:center">三</h2>

　　沙，沙，沙，
　　号，号，号。
隐隐约约的，风在唱着答歌：
"母亲，母亲，母亲，
再不能屈服此生！
我们有的是力，有的是热血，
我们有的是万众一心的团结；
我们将用我们的手
建造一切，建造一切！
为什么我们劳苦了整日整年
要饱受饥寒，凌辱，打骂？

为什么他们整年饱吃寻乐

我们却要永远屈服他？

为什么天灾人祸年年报？

为什么苛捐杂税没停过？

为什么家家使用外国货？

为什么乞丐土匪这么多？

为什么？……

为什么？……

农田里我们使用犁耙，

工厂里我们转动机车，

木匠，泥水……我们一群

谁说不是有力的创造者？

靠着我们的手，

什么也能够进行；

母亲，母亲，不要惊！

为着我们大众我离开了家，

为着我们的工作离开了你和她！

母亲，母亲，别牵挂！"

　号号号，沙沙沙！

　号号号，沙沙沙！

四

是山崩，

你声冲云霄？

是虎吼，

你把大地动摇？

是——

你——

——沙沙沙，号号号，

哦哦，原来是暗夜风声！

是大兵，

你踏过荒茔？

是乱军，

你在屠戮乡民？

是——

你——

——沙沙沙，号号号。

哦哦，原来是暗夜风声！

五

轰隆！轰隆！轰隆！

雷鸣！雷鸣！雷鸣！

沙沙沙，沙沙沙……

风雷声中

夹杂着一阵一阵的急雨音！

黑暗！黑暗！黑暗！

雷鸣！雷鸣！雷鸣！

闪电在空中突击，

黑暗中诞生光明！

黑暗！黑暗！黑暗！

雷鸣！雷鸣！雷鸣！

风雨声中

夹杂着晓鸡啼音！

一九三三年六月十二日写完。

录自《茫茫夜》，1934 年 4 月 20 日国际编译馆出版。

农夫阿三

七月里，
火般的太阳，
田间早稻黄！
阿三，匆匆赶路忙，
流着汗，
汗珠闪闪露金光，
眼睁睁地看
别人割的割，担的担，
男女老幼一样忙！
想起家来
心在痛，手在痒！

阿三，
强壮的农夫，
不愿当官兵，
匆匆逃命忙。
心又痛，手又痒。
——一边走来一边想！
——一边走来一边想：

年来不是苛捐就杂税，
说是救"国难"，
又要了"国防捐"、"防空费"；
如今，如今呵，
还要去当兵，
不知是犯的什么罪？

说是为国和为民，
为什么东四省已送给日本人？
说是保百姓，救国家，
干吗自家又杀自家人？

烟灶捐，人头税……
哪堪再来一个"后备队"！
别人抢土地，
他们不抵抗，
千万大兵眼巴巴；
小百姓
起来抵抗就开罪。
今番，今番呵，
显然是借名义，
骗百姓
去杀自己苦兄弟！

那个胖师长，
鸟枪都抽税，登记，
今番发枪给我们，
还不是另有诡计？
听说呵，
练好了兵
我打前锋他后卫！

乡长来传县官令：
三丁抽一五抽二，
没人时，
单丁独子也要去！
大哥二哥远离家，
乡长传我要我去。
妻儿心里哭，

老母眼流泪！

老母流泪说：
"阿三，我的儿，
别管田间事，
暂时且到别处避避去！"
天呵，上有天来下有地，
哪见青天世界没道理！
眼看家家割禾打谷做新米，
红红的太阳
起自东来落自西。

——天呵，
到底哪里有公理？
——天呵，
听说处处都有匪：
早上碰见一男人，
他说呵，
匪去兵来，
敲诈残杀不讲理！
今番呵，
丢了老娘弃了妻！
单身只影外乡去！
别处是不是
也要当兵去？

哦哦！
小百姓，
只有死！只有死！

哦哦！
小百姓！小百姓！

迟早也是一条命！
迟早也是一条命！

农夫阿三，
忽然变了心，
欢欢喜喜
转过头来，说：
"回家去！回家去！"

阿三醒过来，
农夫阿三
要赶快回家去！

阿三有道理：
我是农人，
我有众多兄弟！
假如我们团结起来呵！
假如我们团结起来呵！
拿起锄来
翻过天来换过地！
——认识认识我们罢，
我们有众多苦兄弟！
当兵，
你送枪给我们，
好，
这正是机会！机会！

农夫阿三，流着汗，
匆匆忙忙回家去！
回家去呵，
为着自己，
为着千千万万苦兄弟！

七月里，
田间早稻黄，
农人收割忙，
天空呵，
挂着火般的太阳。

一九三三年九月二十日改写。
录自《茫茫夜》，1934 年 4 月 20 日国际编译馆出版。

生　活

两条轨
无穷地展开在前面，
当作轰轰的列车我前进吧。

让西北风吹打，
穿过幽黯的隧道，跑上崎岖的山，
颓丧，悲哀的只是道旁的树木呵！

什么，黑夜张开了她的翅膀？
什么，大地蒙上薄薄的白纱？
——不要慌，加强马力前进吧！

让列车永远永远擒住两条轨，
莫怕前面的无穷，难捉摸，
没煤燃烧时才是最后的终点哩！

——啊！这就是生活！

一九三四年三月。
录自《生活》，1936 年 9 月诗人俱乐部初版。

罗蕾莎

罗蕾莎,我同情你:
妇人群中你来了革命,
你晓得女人的任务
不光是什么贤妻良母;
靠着自己的力,你奋斗,
你学习足够生存的工具,
日日夜夜,你说不应当空闲了心。
可是,你打不开矛盾的路,
坦白掩不了你的懦怯,
你还在独自愁苦。
我说:罗蕾莎,我同情你,
我给你一点新的刺激,
我为你安排向前的路吧!——
但是,你拒绝了,你说……
嗳!罗蕾莎,生活
没有给你必需的争生存的勇气;
你是必得让岁月蚀尽你的年华,
让苦恼永远和你牢抱的。
好吧,罗蕾莎,当心
大变动会使你粉碎;
当心,心脏病是可怕的毒蛇,
它会咬尽你整个生命的呵!

一九三四年三月。

录自《生活》,1936 年 9 月诗人俱乐部初版。

不流泪的卢亚里

卢亚里！卢亚里！
整日的工作锻炼成铁的身体；
他生活，田事消磨了他整个青春，
可是，现今，他才明白生的意义！

对的，迎头是咬草根的苦生活，
简直见不到油盐柴米。——
裹着肚子卢亚里从不下泪，
他明白，这不光是为着自己！

不知是哪一天，天空飞来日人的铁鸟，
轰炸，跟着是草房的燃烧同倒溃。
不错，卢亚里的房子遭了殃，
不错，活猪变成了火腿！

但是，咬紧牙根，卢亚里心头塞满了火，
没有泪，悲哀爬不上他坚强的心。
他骂："猪狗！有本领你就前来肉搏吧！"
飞快，他又关心到有没有炸伤苦兄弟。
——伸出无数万的铁的手，
像早春枝梢裂出嫩芽，开出鲜花，
活的我们的世界是该当来了；
谁悲哀的谁滚开去吧！

一九三四年三月廿三日。
录自《生活》，1936年9月诗人俱乐部初版。

牧童的歌

不怨我的爹，
不怨我的妈。
我来时，
爹妈都流着伤心泪，
说不出半句话。

那年天下遭饥荒，
爹妈仓中没粒粮。
大哥二哥年纪大，
再过三年好帮忙，
莫奈何卖我年小的到他乡。

卖我年小的到他乡，
那时乡中闹饥荒。
没有番薯和麦糠，
空着肚子过日子，
就是神仙也断肠。

就是神仙也断肠，
爹妈只好卖我到外乡。
一卖卖给阿义人贩子，
带我来来往往赶路忙，
爹妈得钱心哀伤。

爹妈得钱心哀伤，

我也夜夜哭喊到天光。
李阿义，假心肠，
说了算不清的安慰话，
他说再过三年带我转家乡。

再过三年转家乡，
一卖卖到王家庄。
主人是个老乡绅，
辣厉有个后来娘，
从此我就做个看牛郎。

我就做个看牛郎，
早上出去夜归庄。
午饭带到庄外吃，
大风暴雨才归家，
大水牛就是我的好伴侣。

大水牛，好伴侣。
天天只好对它讲心肠，
水牛探头咬草听不懂，
没有爹，没有娘，
水牛哪知我心肠！

水牛哪知我心肠！
主人日日打和骂，
最辣最厉是那老鬼娘。
早晚挑水打衣还说懒，
不把我来比比她的懒儿郎。

不把我比比她的宝儿郎，
她真是一副横心肠。
不曾想我也是爹娘子，

朝朝骂我杂种狗，
夜夜骂我癞痢头。

朝朝骂我杂种狗，
夜夜骂我癞痢头。
幸得她今生福不厚，
不到三年就归西，
棺材埋在李村后。

棺材埋在李村后，
放牛放到她墓头。
翻下石，踢下碑，
生前受尽你的气，
今番才来报复你。

今番才来报复你，
翻下你墓上石，
敲下你墓上碑。
咒一声，阎罗王前定你罪！
骂一声，过狗岗时狗咬死！

二

不怨我的爹，
不怨我的妈。
我不在家，
他们梦中，
也许说着伤心话。

一怕我大人面前不听话，
二怕我年纪轻轻
受不了骂和打。
三来又怕我，

做工不懂早和夜。

两个哥哥，
也许对爹妈说着安慰话：
再过几年，
会走遍天下，
带得弟弟转归家。

一个妹妹，
家里养不了她，
出生时就送给了邻舍，
她不会记起我，
也忘记了爹同妈。

倒是每逢年和节，
外婆来到了我家，
第一声她将会问起爹妈：
"阿三怎样了？"
——我的爹妈眼泪雨般下。

爹妈将会说：
"只恨那年大饥荒，
家里没有粒米粮。
要是家里有点麦糠，
我们也不会卖他到外乡。"

不，不！也许又会这样讲：
"要是大家不都穷，
上邻下舍可以帮点忙，
那年可以暂借一些钱，
也不致出卖自己宝贝郎。"

唉！接着他们也许
就讲起一串伤心话：
"哪年不是来来往往亲同戚，
哪年不是礼来礼去礼上忙，
可是，天年不同一个也不到你庄。"

爹妈也许会说我年纪小，
容易忘记爹同妈，忘记了家乡。
硬着心肠，他们会说：
"忘记了也好，
记起了爹妈苦难当！"

苦命儿，薄命儿，
记起爹妈苦难当。
我的爹爹同妈妈。
为着我
只愿黯夜黑暗自哀伤！

三

哦哦！
告诉爹爹同妈妈，
你们不要忘记我，
从小就有小聪明，
五岁晓得算百数，
不满九岁晓得家，
东边田，西边菜地，
一一都记下。

我不独记起爹同妈，
我也晓得我老家。
我的家，
远在江西寻邬县，

屋前屋后都有白桐花。

屋前屋后种桐树，
村前有座公王坛，
村后有株大榕树。
左也山，右也山，
小溪流水截中间。

小溪流水截中间，
南村姓廖北姓关，
村中共有三百家，
我屋在村心，
一屋十家人。

一屋十家人，
我屋在村心。
蒲乡就是我庄名。
哦哦！
我是自小出门庭！
我记得家，记得爹同妈，
可是，没有钱我不想走回家！

四

就算我命苦！
我命中要看牛在他家，
命中不能在家团圆聚，
哦，怨不得爹同妈！

怨不得爹同妈，
当年人贩子卖我到王家，
有吃有穿，虽然有打也有骂，
终究胜过整天没有稀饭下！

只恨早不死来老鬼娘，
刚有安乐日子又遭殃。
风吹大树连根倒，
绑去主人满家慌。

绑去主人满家慌，
裁钱典当赎人忙。
大水牛，好伴侣，
今番没钱也出卖到他乡。

今番没钱也出卖到他乡，
从今没有了好伴侣。
朝朝夜夜，朝朝夜夜，
两眼空对着青草场。

两眼空对着青草场，
大水牛业已出卖到他乡，
大水牛，到他乡，
从今每天只好采樵忙。

每天只好采樵忙，
主家天天心在慌。
五千白银山中赎出老主人，
主人出山就离乡。

主人出山就离乡。
避到上海住洋房。
一封二封报家信，
封封都催典卖旧家当。

典卖旧家当，
家里的出息比不上生意场。

他说良田不生财来要完粮，
都卖完了，省得下次又遭殃。

省得下次又遭殃，
卖了田，割了粮，
整家日间就要离家乡。
——我永远不再是一个看牛郎！

不再是一个看牛郎，
不久就到大市场。
听说上海人人有工做，
工厂里头个个做工忙。

工厂里头个个做工忙，
两手做来换米粮。
换米粮，两手忙，
总好过在家做个看牛郎。

总好过在家做个看牛郎，
不再风吹雨打独悲伤。
莫管将来赚钱不赚钱，
在那里，总有许多好伴侣！

总有许多好伴侣，
我不甘再做一个看牛郎；
我也不甘长久做奴才，
我要做工在城市上。

五

哦哦！我要走向城市上，
不怕远了爹妈远了乡。
出门独自找门路，

管不了爹妈
是否还是活着在世上。

许是家里乱慌慌，
早就丧了爸来死了娘，
两个哥哥也许都拆散，
亲亲戚戚两相忘。
——唉！莫想起，
反正没钱不好归家乡！

没钱不好归家乡，
我要走向城市上。
就是一天阎王把我勾了生命簿，
我不怨我的爹，
我也不怨我的娘！

一九三四年春末。
录自《摇篮歌》，1937 年 2 月诗歌出版社出版。

行不得呀哥哥

哪个拖着沉重的脚步走过？
哪个少妇哭倒山阴道？
森林里，山谷中，
鹧鸪声声在唱歌。
它为她唱道：
"行不得呀哥哥，
行不得呀哥哥！
…………"

少妇哭倒山阴道，

声声"行不得呀哥哥！"
"行不得呀哥哥！"
妈妈年纪高，
家中事务多。
千日万日你在外面也罢，
归家只三天我心中难过！
别人千日在家万日在家，
为什么你就不能这样做？

你说呵，只恨当初主意错，
不该暗中偷向营中逃，
入了军营像进牢。
早晚上操场，
肚里半饥饿。
你说呵，只恨当初主意错，
八元月薪实在拿不过。
身在营中像猪猡。
衫裤发汗臭，
床是臭虫窠。

哦！该死的杀千刀！
你说呵，命令一下就开火，
不管是牛，不管是马。
一上阵线就伏倒，
拍拍子弹射过去，
再一个命令就是刀对刀。

哦！该死的杀千刀！
你说今番开到内地去，
内地土匪多：
土匪有的比兵好，
只是命令这样不奈何！

命令，命令，千句令，万句令，
还不是为了一月八元薪？
八元月薪就要换条命？
就要到战场上去杀人？
——冤家哟，我恨我的话你不听。
我说你赶快辞掉这差事，
我说你今番索性就不要再去！
…………

可是，你不敢，你不理，
你说请假不回去，
回头找着要枪毙。
唉！枪毙……
横直也是一死！

冤家哟，那么当初你就不该归，
你看，看了你的样子，
多么使人伤悲！
——你不该去杀穷人命，
你不该跟他们去杀苦兄弟！
——回来罢，冤家！
——回来罢，冤家！

冤家哟，你就忍心丢弃我，
你就忍心丢弃老妈妈，
也要念起侄儿们苦日子难过。
两年前大哥丢了家，丢了嫂，
他是得了重病不奈何。
你不晓得啊，临终时，
他滚滚泪珠像小河！
你今呢，你今呢？
…………

哦！（同室操戈！）

哦！家中事务多，

妈妈年纪高！

"行不得呀哥哥！"

"行不得呀哥哥！"

森林里，山谷中，

鹧鸪声声在唱歌。

——哦，哪个少妇哭倒山阴道？

哪个拖着沉重的脚步走过？

一九三四年六月。

录自《摇篮歌》，1937 年 2 月诗歌出版社出版。

热望着

在不远的彼方，

有光明在照耀。

热望，把握，追求，

粉碎身上锁枷，

建造甜的欢笑。

路不远，

心莫焦：

不是孤舟

在大海里漂，

不是只马单身

在日夜里奔驰，跃跳！

热望着，热望着，……

前有光明在引导，

前有光明在照耀！

一九三四年七月。

录自《生活》，1936 年 9 月诗人俱乐部初版。

海　鸥

海鸥追着船飞，
低低地翦过水面，
急急地扑向浪里：
好像滞留在空中，
飞，飞，是并着船追。
不怕前后左右茫茫一片水，
抓碎了多少泡沫，
扑空打不消追求的愿望；
没有贪图水上片刻的休息，
一边在唱，一边在低翔。
——不倦地追，不倦地追！

一九三四年七月廿八于海上。

录自《生活》，1936 年 9 月诗人俱乐部初版。

母　亲

苏银英，止住你泉水般的泪，
这难道是哭泣的时候吗？
谁的儿子不是为着自己的政权，

谁让你记起你就是死者的妈妈？
听着，这是我们队长的命令：
今晚日人将有顽强的袭击，
我们准备钢铁般的抗拒！
我们的戈矛队正应当显显身手哩！

苏银英，快快止住你悲哀的泪吧！
来，你来和大家合在一起，
我们来准备新的突击；
回头，你将看见我们业已救起
无数万的小兄弟，
他们正是我们的孩子，
一样的需要我们的抚慰哩！

——来吧，干吗要这样的伤心？
被杀了儿子还不够，
又要自己哭坏自己吗？
呵！可敬爱的苏银英：
三个孩子，二个
业已为自己的政府牺牲了生命，
你正是光荣的母亲哪！

录自《生活》，1936 年 9 月诗人俱乐部初版。

北风与乞丐

昨夜，北风猖獗在户外，
后庭果树送出沙沙的颤声；
窗板整夜地战战兢兢，

房内的竹椅也送出干裂的脆音。
今朝，街上来来往往的乞丐，
肮脏的身上多了一些褴褛的破旧；
"老爷！先生！——可怜我天冷难受！"
千百句乞声中夹杂了这句哀求。
杂踏的步声打碎了低微的希望，
阔人们却都紧紧地把衣袋揿住，
一个铜钱也没有溜出手。
没有人曾记起你们往日也是好百姓，
没有人会想到往日也曾供过税收，
谁同情你？谁认你是落难中的农友？
唉！为着生存！为着生存！……
可是，这是漫长岁月，朋友，
难道你们就永远，永远
忍耐地向人们伸出两手？

一九三四年十月二十六日于广州。
录自《生活》，1936 年 9 月诗人俱乐部初版。

运转手

手里执住轮机，
两眼睁着前面，
任由两条轨
展开在面前——
紧执着，
运转着；
流过平原，
翻过高山，

不让疏忽爬上心，

不让疲倦贴住身；

听命的

是那急转的铁轮，

为他，谱出了

生活的歌唱；

这歌唱，

惊动天，

震撼地，

四方八面都充满了

前进的回响！

一九三五年三月三日于东京。

录自《生活》，1936 年 9 月诗人俱乐部初版。

春天在心中

睁开眼，

瞅着整个春天：

　　春在枝头，

　　春又在枝头消逝了。

没有半句忧怨，

我怀抱着坚决的信念：

　　我们没有春天的——

　　　　骷髅上建筑不起热狂的欢欣，

　　　　呻吟声里哪容你偷闲甜醉？

　　　　血肉交迸中，

　　　　面着我们的是

　　　　自由！博爱！和平！

044

我承认我满贮着火热，
我等候着将来的燃放：
　　那不是雷电般的闪耀，
　　我们把大地放在肘下，
　　任由五月的阳光
　　永远装饰着血色的美艳。
现今，在风雨交加的前夜，
我，我哪有春天的闲情？
（难道这是时候吗？）
我心里敲打着战鼓，
打破幽黯的沉静
我歌唱：
　　　　大地，我的儿子，
　　　　历史决定了你当长大，
　　　　历史付与你强壮的身体了；
　　　　冲破黑的氛围吧，
　　　　向前！向前！
——哦哦！
春天呵，
春天只在我心中！

一九三五年五月初。

录自《生活》，1936 年 9 月诗人俱乐部初版。

冬天的歌

我过着冬天：
　　不怕寒风料峭，
　　不怕雨雪飘飘！

一颗血心是火山的烈焰，
　　内在地
燃烧，啊，燃烧！

哪怕我好像已置身于荒原：
　　周遭峻壁重叠，
　　周遭豺鸣虎吼！
一颗铁胆是定心的地轴，
镇定地
击敌的子弹会冲出自我枪梢，
　　　　　　　　自我枪梢！

我过着冬天：
　　不怕长夜漫漫，
　　不怕晨辉迢遥！
万千肚腹是真理的尺度，
　　为着活，
　　我战斗，啊，战斗！

哪怕我们实已置身于地狱：
　　塞满生命的哀呼，
　　塞满镣铐的节奏！
动荡中已卷来了绝对的真理——
　　子弹在啸，炮火在咆哮！
　　模糊的血肉下会建造起明朝，
　　啊，我们的灿烂的明朝！

　　　　　　　　　　　　一九三五年冬。
　　　　录自《摇篮歌》，1937 年 2 月诗歌出版社出版。

春天的歌

我要歌唱未来的春天：
　春天不仅在我胸脯，
　春天不仅在我赤白血球，
　春天还又在我毛管皮肤；
我全身流露着春的气息，
我是自由、平等和欢娱。
　谢谢吧，多谢老冬的压迫，
　战斗将赋予我们以报酬！

不出一声，像春雷的勃发，
——鲜艳装饰着宇宙！
　　和平变作了山羊的温柔，
　　白鸽唱出了青春的自由。
　　谁在山野间奏着婉歌？
　　谁在草野上吹着竹笛？
——舞跳吧，休管年高与弱幼！

我要欢唱未来的春天：
　　春天不仅在那原野，
　　春天不仅在那苑圃，
　　春天更不在那棵棵花树；
春在我们的农村合作社，集体农场，
春在我们的城市，首都；
　春像愉快的太阳
　天天渲染我们的国土全部。

谁怕听残冬的叹息？

雪花再也织不上"恐怖"。

　　我们便是春的天使，

　　向世界灌溉着幸福的甘露；

　　我们自己又是花，是小鸟，是大鹜……

　　我们一一享受了戏院，轮船，飞艇，轻气球。

　　哦，舞跳吧，休管年高与弱幼！

录自《摇篮歌》，1937年2月诗歌出版社出版。

夏天的歌

我迎着的炎夏：

　　看绿叶遮盖了青梅，

　　看燕子自赤道线上飞来；

忍耐着绵绵的黄梅细雨，

　　从半空，从郊外，

　　我等候着轰然一声的响雷。

莫怕前春锁不住寒冷，

　　就令残冬卷土重来，

　　旧骸也将立即化成飞灰。

谁有力量倒开时代的列车？——

　　轰雷一声，

　　响雷早轰出一个宇宙大陔，

　　　　　　　　宇宙大陔。

我过着夏天：

　　听青蛙夜夜心开，

看黝黯遁逃屋角墙隈，
真理像天空里的圆圆的火，
　　赫赫地
　　火焰炎煨，火焰炎煨！

莫怕肉背变成了黑煤，
　　让太阳亲近你，
　　让太阳天天贴近你红腮。
像亿万的果实在炎热里长大，
　　我们是
　　雷雨中锻炼出的婴孩，
　　啊，真理的婴孩！

一九三六年五月二十八日。
录自《摇篮歌》，1937 年 2 月诗歌出版社出版。

秋天的歌

我歌赞秋天：
　　不是芙蓉满开，
　　不是菊花盛放，
　　也不是桂花争芳；
是久经风雨雷电的战斗树
已结下了果实金黄，
　　它冲射出了豪光，
　　世界惊惶，呵，惊惶！

尽管秋风扫去了腐朽，
一片落叶便是一个陈旧。

——谁叹息那落伍？

看那常青树

在秋风里跳，在秋风里舞。

哦，常青树上具备着真理的脏腑，

真理的脏腑！

我歌赞秋天：

不是为了月儿圆圆，

不是为了秋高天朗，

也不是为了风筝欢唱；

是英勇的飞鹰在苍空，

一边角逐，一边高翔，

它们歌唱着战歌，

那战歌哟，嘹亮，呵，嘹亮！

尽管凄冷赶走了小燕，

让鸿雁带走一切懦疚。

我们只有铁坚的两手，

我们没有役使别人的财富，

我们等候着苦斗的严冬，

通过严冬，我们要战取新的宇宙，

哦，我们要战取新的宇宙！

一九三六年十一月七日。

录自《摇篮歌》，1937 年 2 月诗歌出版社出版。

战士的歌

若是我中了致命的弹丸，

死前的刹那，爱友哟，

我必定面向着南方：
南方有我的老母弱弟，
南方有我的故友亲朋，
远山重叠下有青山绿水，
瘦的土地上有田园、有村庄。——
我的故乡虽不是天堂，
我也不仅爱好故乡的风光；
是父老兄弟们的紧皱的愁纹，
是水灾，是旱荒，
是人剥人的掠夺，
使我挂念着他们的存亡。

渡水，爬山，忍饥、耐冻，
为自己，为祖国，为大众，
呵，我已驰驱疆场。
攻城略地，散播真理，
我们的细胞遍城乡。
不久的将来，爱友哟，
我们的大陆上会射出豪光，
世界六洲将照耀得辉煌。
我们是真理的殉难者，
我们乐得为真理死；
然而，爱友哟！
若是我中了致命的弹丸，
死前的刹那，——刹那，
我必定面向着南方：
　　中华万岁
　　　　中华万岁
　　　　　　中华万岁
——我低声热唱。

一九三六年六月八日。

录自《摇篮歌》，1937 年 2 月诗歌出版社出版。

051

钢铁的海岸线

侵略，压迫，蹂躏……
痛苦，愤恨是一条铁链子。——
紧结着，紧结着，
紧扣住我们的赤心，
让我们来
长长地连成一条海岸线吧！
由河北到广东，
经过山东，江苏，浙江，福建，
      在渤海
      在黄海
      在东海
      在南海
我们的海岸线哟，
必须是坚固得赛过钢和铁！

大沽口，龙口，烟台，威海卫，荣成湾。
劳山，青岛，临洪口，炮台湾，
钱塘江，象山港，三门，台州，温洲湾。
三都澳，泉州港，厦门，汕头，虎门，
北海湾，榆林港，大鹏湾，广州湾，
…………
是每一个钢铁的小连环。
我们要在这些钢铁的连环上
修筑起坚强的堡垒，
我们轰击敌人的大炮呀，
要密排着像一座刀山！

哦,

哦哦！热血的中华男女健儿！

来吧,我们不能没有坚强的勇气；

我们站立着,

我们被铁链贯通着,

我们都来吧,

我们来永远看守海岸！

录自《钢铁的歌唱》,1936 年 10 月诗歌出版社出版。

美丽的林英

我们的林英呢？

林英哪里去了？

　　林英不擦胭脂不打粉,

　　苍蝇不在后边追。

　　林英不爱撒娇不卖俏,

　　　　(然而林英是美丽的:)

　　父母为她安排了

　　　　健康的两条腿。

　　一脱离了中学校,

　　林英结盟了抗日军:

　　一有消息

　　她便跑到大营去,

　　由这山到那山,

　　这镇到那镇,

　　这村到那村,

她跑得皮肉贴住了薄衬衣。

我们的林英呢？
林英哪里去了，

　　林英不擦胭脂不打粉，

　　苍蝇不在后边追。

　　林英不爱撒娇不卖俏，

　　　　（然而林英是美丽的：）

　　父母为她安排了

　　　　说龙话凤的一张嘴。

　　林英说话有分寸，

　　要你笑时

　　欢乐的声音震动了厚地皮，

　　要你哭时

　　晚上做梦也得流眼泪；

　　假使她要你鼓起了那对日的忿恨，怒恚，

　　你会咬紧牙根，

　　更竖起了颗颗髭须。

然而，我们的林英呢？
林英哪里去了？

是那黯无天日的一天，
在那乡——镇间的途中，
在那僻静的森林的侧傍。

　　日军拉住了她，

　　　　想要奸污她；

　　健壮上她显露了抵抗力量。

　　不幸她漏落了小符号，

　　她中了枪，

　　她终被带回了日军营，

　　一个夜雾弥漫的晚上，

　　三颗子弹咬住了她的红心脏。——

　　　　（十九岁的美丽的灵魂，

从今，愉快地遨游去吧，
伟大的林英，
遨游在四方，
遨游在祖国的胸膛！）

一九三六年夏。
录自《钢铁的歌唱》，1936 年 10 月诗歌出版社出版。

我迎着风狂和雨暴

哦！我复投身于炎夏的烘炉，
我归来，我又复迎着风狂和雨暴！

哦哦！祖国，头尾三年，
我离开了你的怀抱；
如今，我归来，——
太空掀起了滚滚云涛，
黯澹里有闪电照耀；
闷热冲起自地心，
响雷在天空，响雷也轰动在心头。
我看惯，在小岛，魔鬼在跃跳，
在海外，我听惯太平洋的嘶吼！
如今，我带回了发动机的热和力，
我要把魔鬼当柴烧，
我要配足马力哟，
我的力的总能
要像那五大海洋的怒潮！
我不问被残杀了多少东北同胞，
我要问热血的中国男儿还多少。

我要汇合起亿万的铁手来呵，
我们的铁手需要抗敌，
我们的铁手需要战斗！

战斗吧，祖国！
战斗吧，为着祖国！
不要怕别人的军舰握住咽喉，
我们要鼓起气力把这些秽物逐出胸头！
——滚开那些秽物罢，
扬子江，大沽口，珠江，
我们要掀起铁流群的歌奏！
天津，上海，威海卫，烟台，
青岛，福州，厦门，汕头，
我们要让每一粒细砂也都怒吼。
从云南，从塞北，从四川，
我们的热血男儿哟，谁愿落后！
铁的纪律维系我们的行列，
来吧，我们的胜利
建立在我们的顽强的苦斗！

哦哦！北方早已卷起了云潮！
哦哦！四方的雷电同在响奏！
——别让闷热冷却在地心呵，
我归来，我正迎着风狂和雨暴，
怒吼吧，祖国，
这正是时候！

一九三六年七月一日。

录自《钢铁的歌唱》，1936 年 10 月诗歌出版社出版。

第一颗子弹

——纪念阴惨日子下的冀东

潜伏在深坑底，
乔木作了我们的掩藏，
瞄准着通过前面的团丁、督收吏，
　　（欺诈、奸淫、剥削、罪恶的结晶）
我射出第一颗子弹。

第一颗子弹
将带来燎原的火把！
我们忍耐着，
我们在哭泣里过日子。
　　　敲诈，
　　　捐税，
　　　侮辱……
我们容忍了一代又一代。

然而——
我们终究按耐不住了！

　　　别人掠去了土地，
　　　别人夺去了家畜，
　　　别人的马匹在我们脊背上奔跑，
　　　别人的枪炮在我们胸膛里喊叫。
而你们——
你们臣服着。

你们加强了对我们的剥削，劫掠，
骷髅的废墟上
你们建立起甜蜜的欢乐。
你们一手操纵了人祸，
你们一手又酿造了天灾，
你们逼走了无数的我们兄弟姐妹，
你们的枪口永远对准我们的胸膛。

谁能按耐得住呢？
谁能按耐得住呢？……

第一颗子弹
带来了燎原的火！
枯老的森林里弹丸开始在啸，
黄黑的腐草里猛火业已在跳！
——让我们来结束旧的一切！
让死去了的田野、森林苏活吧！

田野里早就诞生了火的洪流：
众多的田野的火
　　汇合着
　　响应着；
中国的农村，
到处射出了第一颗子弹，
中国早就在燃烧着了呵！

一九三六年七月九日。

录自《钢铁的歌唱》，1936 年 10 月诗歌出版社出版。

我站立在海滩上

——纪念聂耳逝世周年

我站立在海滩上：
我瞅着万马奔腾的怒涛，
我听着口吐白沫的怪兽的嘶唱；
忽的什么地方来了雄浑的歌声：
"……巨浪！巨浪！……
我们要选择战还是降？……"
我的心头飘过了《大路歌》，
《进行曲》的歌声又在空中荡漾。
呵呵！哪儿飞来了万千的聂耳！
呵呵！聂耳活在人间，
　　　　聂耳也活在天上！

我站立在海滩上：
我听着怪兽的怒号，
我瞅着万马奔腾而来的巨浪。
我眼见前浪汹汹，
我又眼见后浪又淹没了前浪。
呵呵！为着真理，为着真理哟，
多少热血男儿的巨手在摇荡，摇荡！
呵呵！为着真理，为着真理哟，
多少热情的歌手该当咏唱，咏唱！

然而，我们的歌手呢？
　　——聂耳的肉身已不在人间，
　　——聂耳的肉身已不在世上！

聂耳的肉身已死去了一年，
一年的春冬哟，一年的韶光！——
我瞅着万马奔腾的怒涛，
我听着口吐白沫的怪兽的嘶唱。
我站立在海滩，我心凄怆！

一九三六年七月十七日，

聂耳逝世周年纪念日写于青岛。

录自《钢铁的歌唱》，1936 年 10 月诗歌出版社出版。

中国，我要做个炮手哟

哦哦！用坚强的意志做钢骨，
愤怒当做大石，
团结当做最好的粘土，
借失地的悲哀当做炮基；
在海上的暴风不断地袭来的前夕，
在死里求生的呻吟，呐喊蒸腾的时辰，
我们来吧，
我们来建造起我们的炮垒罢！

哦！每一座炮垒
让我们位置百轮正义的大炮，
我们的炮口呀，
先针对着最狠毒的帝国主义。
懦怯的是乌龟！
胆小的变兔子！
我们武装起来吧，
站立到最前线上去！

等候着一声信号的轰响，

怒吼吧，中国！

我要做个炮手哟！

一九三六年八月四日。

录自《钢铁的歌唱》，1936 年 10 月诗歌出版社出版。

武装田地山河

不要冷视了它们，

让我们来武装田地山河；

都会城市是田地山河的儿子，

无条件地让它们也来共枕干戈。

在那矮鬼的侵略蹂躏中，

受痛苦的不光是你和我：

在东北，在淞沪，

山河为了敌人的大炮、舰艇、飞机，

曾日夜喘息；

青青的田地，

曾突的变作长长的战壕；

省会，城市变成了废墟，

商店，民房，学校烧起过烈火。

——醒醒吧，

为敌人而怒吼的不光是我们的心，

我们要来武装都会和城市，

我们更要武装一切田地和山河！

一九三六年八月十日。

录自《钢铁的歌唱》，1936 年 10 月诗歌出版社出版。

飞机真理号

大家来，大家来建造飞机真理号：

    我们自己就是梯身；

    众心合一，这就是它的引擎；

    前面的旋转物象征我们的英勇铁军，

    后面的尾舵，化作我们的军事指导；

      一边工，一边农，

      是两翼跟两轮，

若使你问起谁是它的驾驶者，

不消说，伙计，

    必定是真理的一群。

我们让它备带五百磅的正义炸弹，

    一架抗敌的小钢炮，

    一架救亡的机关枪；

当此怒吼的洪声

冲开了铁蹄的压迫的时候，

真理号，我们的飞机真理号！

它的任务不仅是在我们的领空回翔，

它得向敌人呵，抢回我们的宝藏！

一九三六年八月二十日。

录自《钢铁的歌唱》，1936 年 10 月诗歌出版社出版。

钢铁的歌唱

真理是磁石，
我们是钢铁，
通过我们的深心，
我们永远紧贴，
　　　紧贴！

纪律是电流，
我们是钢线，
迎着敌人的炮弹，
速光般地，我们杀上前，
　　　　　杀上前面！

真理铸下我们的铁纪律：
纪律的纤维
分布在我们肉身里面。
当自由的火热
　　燃烧在四面八方，
为着割去我们身上的赘疣，
为着收回我们的
　　被奸淫的土地，
为着打破那沉重的百年枷锁，
我们显现出钢铁的刚强，
钢铁的刚强奏出钢铁的歌唱。

一九三六年八月二十三日。

录自《钢铁的歌唱》，1936 年 10 月诗歌出版社出版。

战线不单在绥远

战斗不单在绥远，
战线也在天津，上海，汉口，广州，
            汕头，厦门，福州，……
        帝国主义的武装
                横行在我们的腹肚，
        帝国主义的爪牙
                密布在我们的领土；
每一颗击敌的子弹
        射出自我们的枪筒，
我们每一个都负有杀敌的任务！

哦！战线不单在绥远：
——我歌唱我们热血大众的抗战！
            为着民族的自由，
        我们的战斗士，
在各市都
        曾出力而且英勇地
                挖掘日帝国主义的坟墓，

谁说战线单在绥远？
        哦！你不听见集团走私，
你不看见敌兵
            在我们的市街上操演？
        第一个忍受，……
                送了东三省；
        第二个忍受，
                出卖了热河；

第三个忍受，……——

看吧，
　　如今，
亡国的新五条，
可不是
像猛毒的蛟蛇？
　　贪噬的舌尖
　　　　　　在伸
　　　　　　在吐！

啊！你看见么？
大批的仇货
　　运入了奸商的店铺，栈库，
　大批的热血男儿
　　爱国横遭逮捕；
　而，那招摇街头的
可不是日本浪人？
　　　　　贩卖红丸毒物的
　　　　可不是失了灵魂的大汉人士？
啊啊！谁说战线单在绥远呢？
　　——年轻的战斗士们！
　　对于冰天雪地里
　　英勇作战的弟兄，
我们岂仅钦慕
　　　　和物质的援助？
　　　且问我们有没有准备
　　　　　等待牺牲的头颅，
　　　　　哦！敌人在远方，
　　　　　敌人在近处！

　　　　　　　　　　一九三六年十一月末日。

录自《抗战三部曲》，1937 年 11 月 10 日诗歌出版社出版。

065

我歌唱

我歌唱这日子过得很快，
我们不久才耘着田，
今天又翻着土块。

我歌唱播下的种子和青苗，
像我们在这土地上生长的葱茏，
使我们仓库里填个实在；

我歌唱这土地听凭我们耕种，
再没有债主和老板的逼迫，
再不见一个催税的粮差。

我歌唱我们的家属和伙伴，
在前方，在挣扎，……
在被轰炸中，还依然健在。

我歌唱我们结实的战斗，
我歌唱 ××，
我还歌唱未来的世界。

原载 1937 年 1 月 16 日上海出版的《时代文艺》
创刊号"诗"专栏。

告别汕头

三月来怀藏了，孕育大了
　　我的新作的汕头哟，别了，别了！——
　　当黑暗的爪牙伸张了在海面上，
　　那万点灯光挽救不了你白天的本像，
而一个闪烁，一个闪烁的地，
　　你永远孤独着在的灯塔哟，
　　为了同情，这一次你可也痛了肝肠？
　　看呀，那天边，
　　雨云早已包围了星星网；
——对呀，没有老天的眼泪，
　　怎写得出离别的悲壮？
　　然而，你突来的急风和急雨哟，
你吹得掉心怀的闷热，
你洗得掉舱间的肮脏，
你怎追赶得出那金色的回忆？
你怎有伟力可停止它不在我脑海里
像飞鹰般地在空中回翔？

　　是美丽的仙女在丢着明媚的眸子，
你独霸南中国的中山公园哟，
　　你活在我遨游其他任一园林时的心间，
你也将永远活现在
　　每当月儿浑圆光亮的晚上。
——呀，那一晚，我好像
　　已置身于意大利、瑞士的名胜之乡；
　　在那假山的石门之下，我瞧着玉带桥，

我瞧着那高撑起来的淡红的灯光，
同时，水声响处，我看见有人在摇桨，
水面上片片交钻着的金蛇射出了灿金光；
我想象到我已是某一电影片里的主角，
这时候，最愉快的一幕正要开场……

　　是自由的种子，
你无数的儿童战士和文艺战将
我看着你们复兴——萌芽，发育，滋长；
你们的心脏为击杀浪人、汉奸而紧张，
你们的歌唱为了伟大的民族解放；
　　——多么可纪念的一天哟，
"五四"时候街头充满了怒吼的声浪！
我应着"播种者为播种而出"，
我想着怎样来为大家添下粗陋的肥料、食粮，
　　而且，我幻想起，为了真实的纪念，
　　今后我将怎样更不辜负自己，
　　当我居留在同是铁蹄蹂躏下的异地他乡。

哦，别了，别了哟，汕头！
　　汕头之外更有伟大的世界哟，
　　整个世界才是伟大的工作场！
然而，三月来怀藏了我
　　孕育大了我的新作的汕头哟，
　　分别你真似跟爱人分手一样。
　　我眼睁睁地眺望着我心爱的人儿，
　　可是，风雨急逼地袭来，
　　眼底一阵模糊，你又远了……
　　只有一切金色的回忆熔印在我深心上：
哦，这些金色的回忆，金色的回忆……！
汕头哟，也许有一日，当那灾难降临你身，

我会回来看守着你，共着你存亡！

一九三七年五月十八日拟腹稿于海上。

原载 1937 年 7 月 2 日《福建民报》副刊《新村》第 379 号。

抗战三部曲

一、新鹊桥赞歌

抗战，抗战，抗战哟，中华民族的儿女们！

武装！上前线！清还六十年来的仇怨！

最近六年来的变本加厉的宰割，蹂躏……

我们偷活得厌倦！——要活的上前线：

用重炮，大刀，跟敌人作白刃战！

让众多的血肉来洗祭我们被奸污了的河山！

啊！抗战，抗战，抗战哟，

中华民族的儿女们！

七月七日是不平常的日子，看哟，

自由，真理，正义，博爱——

这多位一体的美丽的天使，

她呀，她快要跟我们团聚、拥抱；

团聚，拥抱在一起哟，永远又永远！

卢沟桥正是一个新的历史的鹊桥，

成年待旦的黑暗正像那个古老的石牌：

——"卢沟晓月""卢沟晓月"呀，

如今炮火轰走了朦胧的暗夜，

光明，战斗着走向光明！伟大的光明哟，

她将永远，永远照耀在我们的头上哪！

二、紧急号外

号外！……铃铃！

号外！……铃铃！

太平洋岸上大风暴：

上海抗日大战揭幕了！

全中国伸起了抗战的铁手，

中国中部继续着北部

向世界广播出战争旋律的双重响奏了！

啊！号外！——从被宰割下的屠场上

站立起了中华民族！啊！号外！

听呀！四万万五千万的中华子民怒吼了！

号外！……铃铃！

号外！……铃铃！

怒吼的声浪像狂风，像雷电，像速光！

　　扫过高山，扫过大湖，扫过平原，

　　广播到每一个乡村的角落里：

——敲起警钟来吧！

——吹起喇叭来广播号召吧！

让全中华的儿女们都听见：

从今起，抗战直到最后的胜利！——

喂！喂喂！全中华民族的儿女们！

到壮丁队受军训去！上前线去！

（前线，光荣在等候着你！）

喂喂！注意防空，准备抵抗敌机呀！

喂喂！建立国防教育，严防汉奸活动呀！

——从今起，开放民众运动！

——从今起，政权民主集中化！

——从今起，谁讲妥协的便扑杀他呀！……

喂！号外！……铃铃！

喂！号外！……铃铃！

太平洋岸上大风暴！

全亚细亚的火药库爆炸了！

中华民族全体站立起来，

中华民族怒吼了！

啊啊！上海抗日大战揭幕：

中国中部继续着北部

向世界广播出战争旋律的双重响奏！

啊啊，四万万五千万的中华子民怒吼了！

华南，中国东部，中华的儿女们

也都伸起了铁的拳头！

新的中国就在前面，

前面不远，不远的地方

新的中国等候着在了！

喂喂！喂喂！敲打警钟吧！

　　　　　　拿起喇叭来广播吧！

紧急号外哟！……铃铃！

紧急号外哟！……铃铃！

三、前线胜利

电报：前线胜利！前线胜利！

　　　　　兄弟们！姊妹们！

　　　庆祝吧，热烈地庆祝吧！

举起我们的兴奋的手，胜利的凯歌

播向天空，播向全地球，播向全宇宙；

让每一个人、鬼、神，皆都知道：

　　　前线胜利！前线胜利！

我机穿雾入云，我机盘旋天空上下翻飞！

我机击下敌机两架，我机轰炸敌军胜利！

地上是：我军肉搏战，敌军胆怯，狼狈！

在浦东我们的智谋，英勇的重炮手

打得敌将喊神奇！……

　　　啊！我军前线胜利！前线胜利！

敌人一万、二万、三万！

活的送来，死的骨骸送回！

　　　喂！兄弟们，姐妹们！

庆祝吧，热烈地庆祝吧！

拿出层年的老酒来慰劳他们去吧！

变卖你的戒指，手饰，倾出你多年的积蓄，

买东西慰劳前线兄弟去吧！

呵！最后的胜利，从今起！从今起！

我们一天一天的逼近自由解放的日期！

我们抱紧着的是真理呀！

我们的争战是为了生存，为了正义，

为了永远，永远的和平、博爱呀！

　　　然而，兄弟、姐妹们！

最大的欢欣还在后头，还在后头哟！

　　　持久战！

　　　长期抵抗！

　　　万斤的重担仍压在我们两肩，

我们要一肩担起，一肩担起呀！

呵呵！我们准备着

用最大的欢欣来欢迎最后的胜利吧！

录自《抗战三部曲》，1937 年 11 月 10 日诗歌出版社出版。

苦痛列车

我们在困苦中长大，

苦痛堆垒了苦痛，

伟大的苦痛造成了车辆；

压迫，欺凌，饥饿，寒冻，

爱情，眼泪，忿恨，悲伤……

这正是苦痛列车的煤粮；

烧完了一顿又一顿，

我们的列车更见速流，远扬。

通过黯无天日的隧道，

遭受无数的颠簸，

经过百十个车站，

（打击，失败，折磨……）

我们走向最末的一站，——

胜利乡——这个名堂，

永在我们的脑底蕴藏。

那胜利乡直通自由和幸福，

连日带夜，

高空永照着真理的太阳。

录自《钢铁的歌唱》，1936 年 10 月诗歌出版社出版。

咱们打铁匠

叮叮嗒！叮叮嗒！

咱们打铁匠。

早也打铁，夜也打铁，

把铁炼成钢，

把钝的刀剑

锻成锐刺发光芒。

叮叮嗒！叮叮嗒！

咱们打铁匠。

早也打铁，夜也打铁，

炼成钢铁的臂膀

锻成咱们的心脑
精密而坚强！

叮叮嗒！叮叮嗒！
咱们打铁匠。
早也打铁，夜也打铁，
今日打铁在后方，
明天拿起刀枪
　　　也是一个战将。

叮叮嗒！叮叮嗒！
咱们打铁匠。
早也打铁，夜也打铁，
咱们一天开上前方，
敌人来抵挡的
　　　不是死就是伤！

一九三七年七月十八日。
原载 1937 年《广州诗坛》第 2 期。

告别厦门

仲夏，五月的风雨迎我来到你的怀里，
今秋，阴沉的天空又看着我同你别离：
离开了你那曾是阳光照耀下的
　　　　　都市风光的明媚，
　　　　鹭江的海涛胜景，
那像健康与艳丽合作出来的
摩登女郎的优美。

我脑海里晃着无数颗热情的脸孔，
　　　百千对耀着真理的光辉的眼睛，
他们在歌唱着："我的生死
共着你的存亡，厦门，我爱你！"
然而，我终于离开你，
在这么一个阴沉的日子里。——
唉，厦门，你诚然是窈窕，
　　　　　你诚然是美丽！
可是，漂来泊去，我只是真理的播种者；
我承认我曾真正认识你的灵魂的珍贵，
我却不能长久的享受你，爱抚你，栽培你。
我想象着快要临头的残踏与蹂躏，
我圆睁着眼看特殊环境下的特殊应对：
我愤恨迄今尚没有人为你的安全
　　　　　建筑起坚强的炮垒，
　　　也没有人相信数万的壮丁队
　　　发给他们与保土卫民的武器，
　　　让他们为不甘做亡国奴而肉碎。
如今，看吧，厦门，我握别着你，
你是拖着这么一副没有血色的脸孔，
　　　　　天空是那么阴沉沉的。——
果然不错，始终我会再有时候亲近你，
而且，那时候，从那高空中
会有光明的太阳照耀得你的脸孔通红，
比以往，那时，你会有无比的艳丽。
然而，别了，三月来给我亲昵过的厦门哟，
　　　　　　　别了，别了！……

仲夏，五月的风雨迎我来到你的怀里，
今秋，如今阴沉的天空又看着我和你别离。
——不久，在那炎热的南国海岸线上，
我会对准东北方，夜夜遥念你

牵挂你的健康罢！

一九三七年八月十六日构思于海上，
二十三日执笔于广州。
录自《抗战三部曲》，1937 年 11 月诗歌出版社出版。

游击队

游击队！游击队！
　你们的出现
像闪电：
　　一个闪烁！一个闪烁！
勇猛的袭击
　　打得他们魂飞魄散，
　　　　心倦神疲。

游击队！游击队！
　你们的出现
像闪电：
　　一个闪烁！一个闪烁！
接着
一个勇猛的搏斗，
　　给他们一阵暴风雨。

一九三七年九月十五日。
录自《抗战三部曲》，1937 年 11 月诗歌出版社出版。

欢迎词

——献给郭沫若先生

欢迎，欢迎，

在国难中欢迎你，

在抗战声中欢迎你！

我们手握着枪，手握着刀，

  手扶着机关枪，大炮，

我们用战斗士的精神欢迎你！

我们欢迎你前来检阅我们，

我们欢迎你前来指导我们；

我们发誓要建筑起

    抗战的文化城，

我们发誓要保卫我们的祖国，

    要保卫我们的圣地。

 （呵！广东，革命策源地，你这神圣的名字！）

我们欢迎你前来加强我们的怒吼，

我们请你前来担保我们：

我们要让我们的吼声

高冲云霄，粉碎

  那日日前来肆虐的敌机，

我们要让我们的声浪

  卷起太平洋的风暴，

 把日帝国主义狗强盗的军舰埋葬！

呵！欢迎，欢迎！

盛大的欢迎！

没有宴会，没有隆仪！

我们高举着战斗的铁手，

我们拿出一颗心，同志，

让你的热情的链，真理的环，

更把我们穿结在一起！

我们不仅是一个战斗士，

我们要派遣出抗敌的联队，

我们需要实弹射击，上前线！

我们需要全国民众起来实弹射击，

上前线！

——这已是中华民族最危急的时候！

此诗曾朗读于八日欢迎会上。

——笔者

一九三七年十二月六日。

录自《在我们的旗帜下》，1938 年 10 月诗歌出版社出版。

我爱热的国土

我爱热的国土——

你独在北国冰天雪地当中

穿着卫生衣，

有时也犹会令人挥汗的广州哟，

在你的心怀里，

热的洪流在交流着：

解放出来了的民众

已重在额上流出了真理的光泽。

日本帝国主义者的残酷轰炸，

那烧夷弹的火，

只锻炼好了我们的

钢铁般的，战斗的心脏。

他们收得了

那已被我们锤碎了的

多年紧咬着我们肉身的铁索，

我们果真损失了什么呢？

——千百个老百姓的死，

换得了民族的醒觉，

          真理的照灼；

他们的牺牲，那光荣的殉难，

是会被刻记在

新中华儿女的脑海深处的！

在远方，（东、北战场）

我们的兄弟派遣着在，

       血肉涂满了国土，

       焦土下犹交流着热的血流；

他们是的确曾为了热爱祖国，

酷爱民族解放，民族的自由，

用生命去跟残暴的日本帝国主义者打赌哟！

——死，对于他们不会是怨恨，

他们有热的心肠，

热的国土交付了他们神圣的任务。

      呵！我爱热的国土！热的国土！

——当冬夜，

我匆匆忙忙，跑进一所粗陋的

那好比外国的咖啡店的铺子里，

挥着汗，吃着番薯汤，

耳听着播音机上的热情歌声，

突然记起了今日来了三次警报，

前几晚都熄灭过电火，

怎能不憎恨日本帝国主义

而愿意用整个生命

卫戍这热的国土呢！

录自《在我们的旗帜下》，1938 年 10 月诗歌出版社出版。

再会吧，农村——家乡

再会吧，仍然打不起紧张空气的农村，
再会吧，我的三百年来创天辟地的家乡哟！
我武装了起来，日益朝着火线前走了：
　　那可耻的败退，打起了我层年的愤怒；
　　那光明的前途，逼使我担负起了神圣的任务。
我不要学做风流才子、名士，
我要做拜伦为弱小民族解放而投身行伍，
我也要做白德内宜，倍滋勉斯基……
在火花的生活中战取革命的胜利到底哟！
听吧，前方炮火在啸，在咆哮，
被蹂躏够了的民族在呐喊，在怒吼！
——没有迟疑、没有犹豫、……
啊啊，再会吧，农村；再会吧，家乡！

春风带来了桃李花香，
新正送来了赫赫春阳。
然而，这会是可能的么？——
我兴奋地跑上前线，
用胜利——那抗战的最后收场——
保存着你们的幽静色相——
啊啊，你们的儿女们在游荡着，逸乐着，
几曾有人明白这时候火已燃烧在眉毛上！
盐米涨了高价，敌机偶尔也在空中翱翔，

远远的汕头妈屿口外敌舰来往经常，
而唯利是趋的变相汉奸到处把伎俩施放，
年青的血肉之子为着兵役而纷纷逃亡，
狡黠的土劣们不放过任何机会尽在猖狂……

啊啊！我武装了起来。
我为告别你而旋归。
我又要为真理而踏上前线了！
——没有依恋，没有依恋……
除了抗战，除了对日贼作个总清算，
家乡觅不出半点欢颜，
农村是那么干枯，憔悴，毫无血色的。——
再会吧，农村！再会吧，家乡！
我武装起来快要参加前线了哟，
没有犹豫，没有迟疑……

一九三八年二月十二日离家前夜。
录自《在我们的旗帜下》，1938 年 10 月诗歌出版社出版。

在长征途中的汽车上

在长征途中的汽车上，
心的愉快响应着引擎的爆发声。
　　再会吧，山林！
　　再会吧，墓地！
　　再会吧，田庄！
　大的城市，小的墟镇，
　长亭，小店，电杆柱，
　桥梁，小沟，大河……

一切走马灯上的涂绘哟，

在阳光照耀下告别，

又让阳光照耀下重逢吧！

莫怕多雨的季节，

　　　　　泥泞路上，

　　汽车卷起了红黄的水浆；

　　前进，前进，前进！……

莫怕崎岖的峻岭，

　　添足向前的马力，

　　上前，上前，上前！……

可亲可爱的老百姓们哟，

你们千万莫睁开惊异的眼光，

我们是愉快的，欢欣的！

夜晚里我们怀藏着万千个光明的星，

白天，我们的心里都挂着一颗炎赫的太阳，

面着我们的没有一丝黑影！

哦！来吧，快来！亲爱的老百姓们哟，

挨磨般的生活是凄凉而又沉闷，

到军中来，我们一起吃饭，

　　　　　一起唱歌，

　　　　　一起战斗吧！

胜利在我们的心中，

我们的脉搏共着胜利的电子而跳动，

像长征途中的我们的汽车，

早，夜我们一准到达预定目标的！

　　　　　　　　　　一九三八年戎装初试后。

　　　　　原载 1938 年 2 月 23 日广州《救亡日报》。

在我们的旗帜下

在我们的旗帜下，
我们
真正的中华公民
互相热爱着，
　　帮忙着：
谁为抗日而出征了，
我们组织了
义务耕田队
代替这些抗日家属
劳动着，劳动着，
作神圣的服务。
然而，你贤明的
战士夫人哟，
你反说了甚么好话呢，
你说："我为甚么要人家帮忙？
活着便得做事，
（我又不是做不得呀）
而保卫中国
原是他的义务。"——
这种真挚的呼声，
该会飞渡过太平洋
而把异国的劳苦大众唤醒，
使他们起来
打下那些刽子手们的屠刀的罢！

录自《在我们的旗帜下》，1938 年 10 月诗歌出版社出版。

五月红

——纪念血的五月

May day，May day，

　　人类之子

在斗争里萌芽了五月红。

　　忠诚、朴实的园丁，

在东亚的广漠无边的花园中

　　用"五四"青年精神

渗合着"五七""五九"

　　　——那中华儿女的

　　　　耻辱的汗，

扶植起了她——欣欣向荣：

　　　　不久，

　　五月红含苞欲放，

　　含苞欲放五月红。

是历史的必走路向，

　　五月红终究

惹起了贪婪强盗的嫉妒，惊恐；

　　　五月三十日

日帝国主义强盗

　　假手另一阴险伙伴

　　来了一个残酷的压迫，摧残，

　　　刹那间

　　繁华的南京路上

　　确曾血花溅散。

可是，不折不挠的

　　正是强韧，耐斗的人类之子，

那斗争的结晶——五月红

　　她得到了

　　更多的血肉的栽培，

日益长大，日益长大，

在那猛烈的暴风雨中。

　　两个人类的舵手——

　　　五月五日诞生在西欧的马克思，

　　　五月五日就任非常总统的孙中山，

他们的主义曾十分向导人间，

　　依靠人类的至诚，

　　被栽培起来了的鲜花

　　　——五月红看看可以光辉，灿烂。

不想，罪恶的巨魁

日帝国主义的妒恨无穷又无穷，

　　　突然刚柔并用，

　　　首先忿怒更逞凶：

五月三日

亲自用刺刀，机关枪

在忠实的中国园丁身上

　　　刺成了济南惨案，

从兹年年飞逝像流水，

五月红才真正照灼于世界，

　　五月红真正开放在人类之子的腹胸。

五月红映得真理像红日，

五月红变得像醒人迷梦的大钟。

　　我们每年纪念五月红，

　　　每年五月的日子心血勃勃像潮涌。

　　——呵，伟大的名花哟！

我要歌赞战斗的名花五月红，

　　　今年，抗战，抗战齐溅自由血，

我们祝福她，我们栽培她，

　　务使名花经年而开放，

瓣瓣都是幸福结合着自由，平等，
垂传永远，赫赫煌煌光耀中华。

录自《在我们的旗帜下》，1938年10月诗歌出版社出版。

诗　人

诗人，诗人！
你是时代的前哨，
你是大众的良朋，
你是自由、幸福的追求者，
你也是悲哀、苦痛的代言人。
你的心
汇合了人间千万种感情
发出了至真至诚的呼声。
你怀藏了整个现实：
火、风、雨、清香与污秽，
　　　　　正义与欺骗，
　　　　　　　黑暗与新生，
你都看得分明。
你歌唱着，
你的生命是前进，
举着前进的火炬，
踏着人类被屠戮的，
　　　抑或是为生存而战斗的
那斑斑的血迹，
要把永远的光明追寻。
哪怕自己踏着崎岖荆棘的路，
哪怕黑暗的钢刀横在前面，——

罪恶主宰着刽子手；

没有害怕，没有惊惶，

真理安定了你的步武；

就是在那光明与黑暗的决战场，

除了勇敢，除了把武器当作歌，

再没有神圣的任务。

哦！诗人，诗人！

人类之灵！

你是时代的前哨，你是大众的良朋。

你是悲哀，痛苦的申诉者，

你是自由，幸福的代言人。

呵！诗人，诗人！

人类之灵！

呵！诗人，诗人！

人类之灵！

一九三八年五月二十四日晨。

为中国诗歌日播音朗读而作。

录自《在我们的旗帜下》，1938 年 10 月诗歌出版社出版。

高扬着胜利的手

再会，来一个热烈的握手，

我的如兄如弟如姐如妹的同志们哟，

我穿起了戎装

为亲近真正的农家子弟——

那些为了国家的危亡而荷枪实弹的战斗士，

座谈会上从今难得有我的影子，

只有在我们自己的花园（诗坛）里，

我们可以经常交换面目了！

然而，宝剑在我们心里，

宝剑不在我的新做的戎装上；

我永远是一个战斗士，

戎装的形式，真会使大家感到更加调和吗？

许多雄赳赳的强悍的武士，

穿起了军装一昧恐吓老百姓，

实在，我是时常提心吊胆于

这粗糙的形式哩！

但是，告诉大家，亲爱的同志们哟，

我毕竟动用起这粗糙的形式来了。

（这不是为了命令，而也是军中的方便）

而且，我只有一颗正义的心；

要使一切真正的农家子弟

乐得前来穿上军装，

一切穿上了军装的农家子弟

也都乐得为祖国的命运赌存亡哪！

啊，再会！——来一个热烈的握手！

我的数月来同舟共济的同志们哟！

今天，我们能够用眼睛、口舌交传情意，

明儿，在纸上乱圈乱点也涂绘不出

万绪千头的对于大家的关怀罢！

然而，同志们哟，再会！再会！

我们会在胜利的狂欢节里一一握见，

对于我们的钢铁的洪流，最后，

日本帝国主义只好崩溃的！

努力吧，同志们！

在工作里埋头，

在工作里磨炼，

在工作里活跃，前进！

野兽的集团虽然一时十分猖獗，

这般的猖獗正是他们已挖掘好了的墓穴哪！

再会！再会！同志们，
我们高扬着胜利的手！

录自《在我们的旗帜下》，1938 年 10 月诗歌出版社出版。

我还活在人世上

我还活在人世上，
在抗战的营垒中
一样的享受阳光和空气。
然而，那果真是
难于描摹的危险：
（正难怪世人传说
我已与世长辞。）
十月二十夜，当那黑暗
坚牢地统治着大地的时分，
我所引领的救护车突遭袭击，
机关枪弹首先射中了油箱，
跟着司机的惊骇，
弹丸早就破镜而入，
射中中座者的左胸了。
连续不断的是步枪声，机枪声，
刹那间坐在车头的只剩下我一个，
镇静地我幸能探索得左侧车门，
哪怕一颗弹丸擦胸而过；
敏捷相似突笼飞鸟，
…………
哟！再会，火烧中的救护车呵！
我已在湿田里匍匐行进了。

"不是受伤了罢？"
什么地方传来了血腥味！
等到面前出现了民居，
在破旧的墙壁下，
我看见远远来了一个黑影，
当我静默地让他慢慢踱过，
片刻间，前面传来了对话声：
"支那者无！"（没有中国人）
从此，我真正脱离了险境，
在黑夜中，陆续觅到了十五个同伴。
当我们齐集在一所耕寮下，
我说："同志们，请检视一下，
也许我受伤了。"
等到事实证明了我尚安然无恙，
大家欢笑了一声。
于是，十六个沉默着等待天明，
我们还得赶上艰巨的前程哩！

十二月二十九日忆作。
原载 1939 年 2 月 12 日香港《立报》。

北风凄咽

稀疏的断竹上北风凄咽。
"哑……哑……哑……哑"飞去又飞回，
像有什么链住了成群的鸦儿；

悲哀的啼音一声声尖破了长空，
云天卷起了阴郁重重。——

你素称作为光明见证的太阳呀，
为什么也要胆怯地遮蔽了欢容？

不错，这是人世的凶祸无双，
请听呀，请听乡民伸诉哀衷：

"前座便是李洁芝先生的洋楼，
前月日本鬼子曾经在这里驻踪，
四乡曾遗留下强盗们的伟大作风。

"一夜，火光烛天，爆裂音中隐约夹杂着叫骂。
天明开进了我方的奏凯人马。

"呀！先生，日本鬼子真是毒心！
当我们偷进去一看，
三四十个男女已被焚个干净！

"土坑里只剩下断骨残灰，
牛角牛蹄被丢下了堆打堆！"

我也无须动问哪来如许男女，食品，
乌鸦又掠过了面前，
阴风卷起了一阵尘烟。

一种苦痛咬弹出我的心弦，
衷心呀逼发出天职的誓言：
"安息吧，你被劫杀了生命的姊妹，兄弟！
你们的仇怨，莫挂虑哟，都在我们两肩！"

一九三八年仲冬奉令前往沦陷区，路过收复后的从化街口李洁芝
先生大厦，见乌鸦成群，断竹满目，询之向导，得如上述，盖敌兵做

贼心虚，防我夜袭，先行砍断了障碍物。

——笔者志

录自《取火者颂集》，1939 年 12 月 10 日诗歌出版社出版。

我穿上了土装

我穿上了土装，
我回复到了小学时代的形状。
像个医师，又像个教书匠；
但，毕竟预备冒充个商店抄写员，
通过战地，越过敌人的哨岗。
我们一行六个，
六个一齐到达了驻地，
——如今是沦陷后的村庄。
村庄里的父老，壮丁，儿童，
用惊奇的眼睛盯视着
我们这一行生疏汉。
"啊！我们不是贼兵，
不是匪徒，也不是流浪人！"
然而谁也不敢说：
"我们是正式公差，来此公干。"
悄悄地托人传递了字条，
知人这才出现，分头遣人，
领导我们前往各处察看。
嗳！那些都不出奇，
——门前有物品发卖。
然而，如今多了两间茶居，
　　　也多了两间屠场；

晓白时分有宰猪声扰人清梦，
整个上午挤挤拥拥，熙熙攘攘！
听说是原日的街市，敌人不时出入，
妇女，乡绅，读书人怕敌如虎狼；
这里有壮丁在站哨岗
急时可以从容涉水登山隐藏。
凡是近公路地带的均是如此，
老百姓们无日不是忡忡惶惶！
但是，他们并非没有武装，
只是独自不敢轻易反抗。
敌人每见军人，或有军用品者即杀，
储有军服的房屋也要遭殃，
他们都曾异口同声说：
某地某地业经英勇抵抗，
然而，援兵不至，
敌人火烧了村庄。
因此，他们等候着我们总反攻，
他们说那时只有乌龟不相帮。
一个壮丁慨然说：
"某地有一台湾兵，
他胸腹中尚有爱国情；
当他看见有佩带顺民证的无耻者，
他打了他两巴掌，
斥他为无血的贪生怕死人。
——我们起码还是中国老百姓，
大兵一来没有不响应。"
又一个壮丁低声说：
"敌人一来便是要猪，要牛，要女人，
鬼见了也要愤怒，
那个敢做敌国顺民？
只要我军的反攻决心要紧，
若是轻打不进，

徒是牺牲了子民。"
后两天，我们完成了任务，
当着破晓时分，
我们渡河越路，
每一颗心里都打了结：
反攻哟，
我们的武装在四方八处！

原载 1939 年 5 月 1 日《中国诗坛》。
复刊号，又载 1939 年 9 月 6 日重庆《大公报》。

慰灵祭

——献给阵亡将士

来，来，来！
你为了民族解放，
　国民幸福，
而在祖国的领空上，
　飘游着的幽灵，
今天，且请给我们片刻的驻息，
　　片刻的勾留。
我们站在这里，
我们站在你们的纪念碑前，
　　尽我们虔诚，
尽我们的真挚，
　　为你们的英灵的
　　安息而申誓：
哦！你万千的为祖国而尽忠的战士们，
　　你万千的为祖国而殉难的烈士们，

来吧！请自苍阔的太空中降临。

请驻息吧，请作片刻的谛听：

不可屈服的仍旧是我们的意志，

继续着你们的意志的有亿万劳苦人民；

对于那汉奸、汪精卫派，

你们安心吧！我们把紧握了铁棍子，

请他们滚蛋、滚蛋！

他们的卑污的行为

将不能毫微地侮辱你们的英灵。

看吧，看吧，你一切忠诚于祖国的，

且在广大的众多的战场上体认敌人：

不可自拔，不能进展的已是暴日的泥脚。

在原野里、在山谷间，

在高原上，

在敌人的后方，

到处布列着的埋伏着的，

是我们的战士，

日本鬼子葬身的墓穴已掘得深深，

只等一朝他们默默地无言，

重重叠叠地躺进、躺进。

果然，众多的兄弟姊妹被屠杀了，

繁华的市镇变成废墟了；——

长于坚忍苦斗的是中华民族的髓质，

创造与建设将是我们神圣的天职！

看吧！我们在胜利的明天

建立独立、自由、幸福的新中国。

原载《福建民报》副刊《纸弹》诗之叶专号，1940 年 5 月 31 日。

温　泉

温泉，从化城
曾因你而知名！
十月末梢——去年哟，
秋风正剥蚀着绿青，
珠江口上踏过了一阵铁蹄声。
像旅人丢下了累赘的行李
温泉，你的贵族的主人撇下了你！
再没有人给与温暖的抚爱，
园里开遍了芙蓉，开遍了玉桂，
凄厉的西北风蛮劲地吹向天际。
煞像春花遭受了狂风暴雨；
季秋，一阵东洋骑士看上了你，
水池里，血腥的手鼓荡出了血腥风味；
古骑士原来就不弱劫掠行为，
园头园尾，尽是肥鸡的头脚以及零乱毛羽。
小店损失了糖，被卷去了皮裘珍贵，
遗留下来的卫生药品被打得粉碎！
初冬，氤氲着的
是那小阳春的天气。
温暖的太阳自东而出
从高原来了祖国的健斗士，
数声枪响根绝了倭寇踪迹。
老百姓开始疼爱你了；温泉
我看见你的新生，你在吐着热气！

原载 1940 年 2 月 11 日桂林《救亡日报》。

再见，从化河

又一次
我再生了，
在那初冬的从化河里：
白水郁郁地潺潺奔流，
北风哀哀地呜呜号唱。
通行者一团团，一个个，
后人的脚踵抹掉了前人的脚迹，
似骆驼踱过沙漠，
（——是长长的沙滩哪！）
没有想到，一架敌机
竟屏住声息般地
像飞鹰向娇雏袭击。
——呵，霎时间
阴霾泻在天空，
人的心伏在地上惊恐，跳动。
十五分钟瞄准扫射，
子弹卷起了砂石扑向我的脸庞，
虽然不是偏左便是偏右，
不在前便在后，然而，
总要多谢你，
多谢你，你敌国的高傲的射手哟，
给你做靶子也打不中！
好容易这个恶魔得意地走开了，
沙滩上伤了一个弟兄，一个老百姓，
大家簇拥着，抬往军医院去了，
——扬手，新生的心在跃跃，

（我得更往前方）

　　再见，从化河哟，

　　我不是贪生怕死者，

　　然而，没有葬身在你的胸怀里，

我的任务倒还更加繁重！

一九三九年七月忆写。

原载 1939 年 8 月 16 日《文艺阵地》第 3 卷第 9 期（总第 33 号）。

祭　诗

——聂耳同志逝世四周年纪念朗读诗

　　风萧萧，雨萧萧，

　　　　同志，为着你，

　　对此忌辰

　　　　天地也已黯然了！——

　　哦！同志！

　　当日你曾拨开祖国的愁云，

　　战斗的歌声已播送出自你咽喉；

　　今日面着我们的正是伟大的战斗，

　　大时代的歌唱中

　　　　再不见你的新的曲谱，

　　　　　　　　新的声调。

　　哦！我的心正像今日的天和地，

　　　　有风，有雨，

　　　　有响雷，有闪电，

　　　　　　更有重重叠叠的云涛密织在里头！

　　万千的情怀，百十个记忆，

今天，我都写不出，讲不出；
我的眼底出现了一个凶恶海魔
他好像明白了你的厉害，你的天才，
卷一阵狂风，一个澎湃浪涛，
你便被吞进在他的心窝。
——从此，人间诅咒着鹁沼海波，
年年此日，诗人为你赋诗追悼，
歌人为你合唱出沉痛的挽歌。

然而，同志，我相信，
死对于你没有完成什么，
（除了你的肉身已被灭磨）
你的歌声，你的意志，
继续在我们的喉咙里传播；
伟大的斗争曲也有你的同志们

照样在创造！

只是，苦了我们薄有交情的，
今天，对此忌辰不能不有泪珠

打湿了睫毛。

——哦！同志，你知道吗？
我们文化界同志在此给你追悼！

原载 1939 年 8 月 1 日《中国诗坛（岭东刊）》第 2 卷第 1 期。

晚 会

——广州失陷前夜的回忆

前夜，野蛮的骑士正在厉兵秣马，
五羊城内成十个青年正在高楼里热情会话。

"风，你们的队伍出发吗？
这一次，我们这里怕不怕？"

是一种希冀的鼓舞，
同时又是一种依恋的惜别，
"啊！同志，用不着怀疑，
为了祖国，总要跟敌人决个死活！"

"可是，前方传来的
都是灰黯的消息。"

"听说我方蒙受了一些损失，
汉奸弄得我们的兄弟不克充分尽职。"

于是，人们心里爬上了忧戚，
友人的老妈妈在房内咽咽啜泣。
——"给他拼吧，反正是一条命。"
——"明天这里大家也分向西北江出发。"

一个敏锐的感觉：——
今晚，共同的聚首好像是悲壮的馈别。

没有酒，没有，——然而，
有人高举着茶杯让离情进出在舌头。

成十个青年站立了起来，影子打成一片，
各各握手，眼睛里跳跃出了民族的新生！

一九三九年十月忆写。

原载 1939 年 12 月 23 日《福建民报》副刊《战线诗歌》第 11 期。

值此周年

——广州失陷周年忆许介同志

值此周年，天地既已渐吐喜色：
月亮代替了去年此日的阴郁。
普天之下是一片霜白，——
然而，许介，年青青的同志啊，
人世间可还有你的踪迹？

一边散了，各处团圆，
三十多个工作者，一个一个透露了平安的消息，
失明的航灯终已修葺。
可是，许介，我的同志哟，
　　你在哪里？
　　凄厉的北风
　　可真会把一线的希望吹灭？

请诅咒吧，诅咒那不公平的安排！
不幸的舵手，我，
偏是没有被死神找来负责。
唉！许介，想起了你那粗大的眼眉，
　　披长的头发，黝黝的脸色，……
皎洁的天空顿有愁云在缭缠，
敌人的机关枪声拍拍地隐约在鸣，
一种手无寸铁的陡惊又骚扰了我心。
啊！同志，就是在那刹那
你做了敌弹下的牺牲品吗？

世上一长年没听见过你的足音，
哦，许介，你可晓得家人把你追寻？
悲哀的乱箭业已射中了你的娘亲！
——但是，但是，许介，要是你已壮烈牺牲，
一天，你的灵魂将可以酣睡安然，
胜利的旗帜将在国境上插遍；不久，
我们会来吊敬你，吊敬你至高的英灵
　　　　　　　　　永远又永远！

原载 1939 年 12 月 16 日《福建民报》副刊《战线诗歌》第 10 期。

征募棉衣

一
北风起，北风凉，
大家有衣暖洋洋。
前方战士衣服单，
边疆风雪苦难当。

二
北风起，大雪飞，
前方战士无棉衣。——
　无棉衣，不敢怨凄凉，
　捧着枪，在战场，
只为救国保家乡！

三
棉衣热，棉衣热，
热了战士心头血！

战士上前方，

赶走鬼子复领疆。

四

你出一点，

我出一点，

他出一点，

一点，一点呀，加起来，

前方战士有衣添。

五

捐赠一件棉衣上前方，

相似赠送一支枪儿到战场，

大家合力齐心干，

中华民族万年长！

原载 1940 年 3 月 5 日《诗与散文》第 1 卷第 2 期。

看护士

——给于斐

我微笑了——

当我安躺在藤椅上，

仰起带病的眼睛，

让充看护士的你，

给我放射甘润的泉露；

那时，你谨慎地按着眼眶，

用娴静的脸孔

回答了我一个慈蔼的笑窝。

我微笑了——

像一个前方英勇作战的将士，

我也曾日夜出力，但是

仅用我的笔枪，

打得眼睛出了火，

直到我缠上了病魔。

于是，我看见了你：

展开了素养的技能，

充当了一个看护士，

溜落我的心头的温柔与快愉

多过你所放射进去的药露，

金色的光辉马上在我的眼底喷吐。

啊！我的看护士，我的生命的爱友！

我将欢笑付与你，永久又永久！

从异域我便把这么一个伴侣追求——

丝毫不是为了个人的幸福，

全不是为了个人的享受，

我知道，在整个民族的灾难里，

我跟我的伴侣将来更多伟大的任务：

我要我的伴侣

也能给一切真理的战斗士看护，

当他英勇地搏斗，

子弹盲目地穿过了他们的胸脯，腿股。

现在，——多谢，上帝！

我微笑了——

你是一个忠诚的看护士，

今天你来看护我，

明天，更多的真理

需要你，需要你！

你将是伟大的看护士！

一九四〇年三月十七日眼疾中。

原载 1941 年 1 月《战歌》第 2 卷第 3 期。

牌　照

我爱国，你爱国，他也爱国；
三岁孩子也来学唱"尽力中华"。——
　　可是，为了爱国，
　　老李被灌了辣椒水，
阿梁被上了老虎凳，
…………
　　整千整万的爱国犯
　　被钉在黑暗的牢狱里。
　　而老潘呢——
　　初次爱国做什么"员"，
　　再次爱国做什么"长"，
　　三次爱国呢……
　　一句话：官运亨通！——

喂！"蠢如豕鹿"的老百姓们，
为了安全，你得明白这其间的标帜分歧哪！
　　——我老实告诉你，枢纽就在这里：
有些人没有登记过没有爱国牌照啦！

录自《黑陋的角落里》，1938年2月诗歌出版社出版。

"理事"专家

呵，原谅你，
你工作不做，开会不到，
　或是照例迟到的先生们：
你们一身都挂满了"理事"，
　　这边"理事"，那边"理事"，
　（危难的祖国原本多事！）
　　天经地义，
　免不得少理一点小事，
　免不得"理事"不理事。
——谁也怪不得谁！
反正谁也怪不得谁！
至于人们志望你们出来理事，
那真诚值得什么？
他们怎晓得你只要"理事"，
这个时候不一身都"理事"，
土地丢了，敌兵来了，
　又哪有机会"理事"下去呢！
理事专家
　哪能不八天"理事"哪？

录自《黑陋的角落里》，1938 年 2 月诗歌出版社出版。

蚤子跟臭虫的把戏

蚤子跟臭虫讲亲善，
标语是：在人身上共存共荣。

人身的清洁运动
早吓杀了臭虫，
偌大的人身上
臭虫差不多已是计尽途穷。
渗着泪——
（天，臭虫也不是不想独享的呀！）
无可奈何地
臭虫便向蚤子磕了头：

"好朋友，你说得对；
毛跟发的相差
只在各占着不同的地位。
要是你能代我出力，
朋友，我一定优待你，
我愿意请你们来经常指挥。"

在黝黯的衣缝里
蚤子跟臭虫在合同上握了手。——
握着手，但是，
知道这消息的只有衣缝。
（不是傻子决不会向人间宣布哪！）

不断地，不断地，
亲善的把戏公演了：

——痛，痒，传染病……。
频死的人类卷起了
　　　　反抗的喊叫，
　　　　反抗的骚扰。
地府里也传到了这种怒吼：
——清洁运动万岁！
——清洁运动万岁！

蚤子先生有点惊慌了：
　　"臭东家，按照——
　　　这是你的责任。"

臭虫鼓着厚红的肚皮：
（臭虫先生有哪一个时候
不是由头到脚都厚而且红呢？）
"好朋友，不要慌！
这一点，请看看我的肚皮，
我总可以一力担当。"
于是，不久，蚤子先生跟臭虫东家
来了伟大的合奏：
　　"胜利呀，我们！
　　　胜利呀，我们！
我们一群反对人间的清洁运动，
我们一群在人身上呀，共存共荣！
　　　胜利呀，我们！
　　　胜利呀，我们！
地久天长，我们的幸福呀，
无穷，无穷，无穷……！"
（天鸟了，地暗了！
人间遭遇了历史上有名的恐怖。——）

　　　　　　　一九三六年二月一日于东京。
录自《黑陋的角落里》，1938 年 2 月诗歌出版社出版。

黑陋的角落里

黑陋的角落里，
一个乞丐病得要死了：
  破烂的衫裤上
  露出了臂膀
  和黑黑的瘦屁股；
  倒在地上像草写的"犬"字，
  地上被口涎润湿了一块泥土。
左近走来了负责的巡警老爷，
他觉得有点不对题：
  "若是局长瞥见了，一定会说
  在外国人面前丢丑；——
  左侧不就是天主教堂吗？"
于是，两脚跑上前去，
一脚踢在屁股上：
  "喂！猪猡！——滚开！
  这是有碍'新生活'的啦！"
乞丐只眨了一眨眼睛，喘吟了一声。——
有人再照应他一个大脚总算是今生的福气呀！

一九三七年五月二十七日于厦门。
录自《黑陋的角落里》，1938 年 2 月诗歌出版社出版。

我们是送葬的喇叭手

势力敲着头锣作开道,
一集团里网罗着人情和世故;
封建的棺材横在街头,
棺材里封着了传统的古旧。

    (古旧的头脑,

      古旧的衣装,

        骨髓里也潜藏着腐朽。)

挂白的血亲们挂起了悲愁,
戚属们偶然却不妨溜出微笑。
朋友们夸张着他的先日的勤俭,
一心却记挂着他的儿子
剩下的袁头是否雄厚。
观众看不懂权贵的光荣,
一刻的驻足
却是为了他们塞住了路口。
资本主义的汽车在左右赶,
"打打打⋯⋯"
锐声冲破了音乐队的悲哀音头:
——我们是送葬的喇叭手!
天空中交响着
世纪末的二重奏。

一九三六年夏于青岛。

录自《黑陋的角落里》,1938 年 2 月诗歌出版社出版。

兔子死了

像一万支箭——
　　大家的眼睛都射落在兔子身上。
通入了毒气的镜箱里
　　兔子在死神手里挣扎了：
　　　　——撞呀！
　　　　——爬呀！
　　　跟着是颓然的死！
　　我们眼睁睁地看着、看着，
　　谁也不想溜出一声笑。
是担心戳破了沉默，
　　挂虑在人们的心头。
　　　　张了目又复开了口：
　　　"我们不做兔子呀——
　　　这头被试验着的兔子
　　　不要就是世界大战时的我们罢！"

　　　　　　一九三七年五月卅日于厦门。
　　　　　　参观国防化学展览会后。
　　　　　　原载《申报文艺专刊》，1937 年 6 月 18 日。

　　《鹭风》诗歌专号 1937 年 6 月 12 日也发表了这首诗，题目为《我们不做兔子呀！》，个别诗句有不同。

不吃牛肉的绅士先生

城里有一位绅士先生怪仁慈，
他时常自己标榜自己说：
"我不吃牛肉的！——
你们这些不讲人道的家伙呀，
你们晓得牛曾拖犁拖耙
替你们出力过了吗？"

谁不晓得不吃牛肉的阿仁伯呢？——
依靠他自己的宣传，的确，
难怪他自己也时常自诩为
他的仁风早已远播天下。

但是，有一天，屋前来了一批难民，
他们带来了一张求乞的口，
　　　　　一颗企求满足欲望的心：
他们哀求着说："老爷，大人，
恩施一口饭给我们吧，……
天年不好，做饥荒我们只好走流氓。
老爷，求求老爷发发大善心！……"
不想，这些哀求话语打不动他的仁心，
为了执行他的绅士的威严，
他只好让仁慈的眼睛里冒出了火，
口里迸裂出来的话语像雷霆：
"滚开！——今天灾，明天灾，
我又不是百万，哪里管得了！
……滚开，赶快滚！……"

事后，他以为总算不曾有损乎仁心：
因为一来这几年人性趋懒，狡辩天成；
二来就是难民，过去已没有为乡梓出力，
卖了名将来也没有机会为自己尽心。
——牛还是替代他们出了死力的哪！

又有一天，屋子里忽的走进来了
四五个青年学生，白旗子上露出了黑字，
早就呼唤出了他的厌恶的心情，
不待募捐队的开口，他却先送给
他们一个闭门羹："回去，回去！
你们这些捣乱的家伙！……
一点事儿也来募捐，天天也来募捐，
你们读什么书呀！……快快，出去！
我另外还有点事儿，不要塞在这里！"

哪怕学生们有的是热诚跟虔心：
"先生，这次是抗敌救亡的……"
这更触动他的层年的不平：
"浑蛋！……出去！出去！
救亡，救亡——读书就是救国，
天天你们来这里救国，国安得不亡？
出去，出去哪！……亡国的
就是你们这般歹东西！……"

结果，学生们被推出了门外，
他独自的在屋内平心静气，想：
"自己倒是根本筹思——
制止他们嚷救国，吓百姓；瞎闹，
这总还是出于仁心善意的。"

不过，听说，只有一天，

自从那天起，他的脸孔涂满了阴沉，
某一种重大的打击投落了在他深心；
而且，这件事并不是大家不知情：
原来，他的忠实于他的
　　　　稍具姿色的婢子服药死了。
据说一来她耐不住家人的虐待，
二来他私下给她下了种子
又雅不欲让新的生命诞生。

但是，我敢保证，阿仁伯绅士先生
还是不吃牛肉的。……
不吃牛肉的，为了讲仁慈和人道！

　　　　　　　　一九三七年七月二十二日写成。
录自《黑陋的角落里》，1938 年 2 月诗歌出版社出版。

安全第一

　　　　　　　　　　——献给艺术至上主义者

他，的确，安全第一。

偶然走过大街，
看见大减价，大牺牲的招标，
听见失业者们的街头喊叫，
有时也瞥得到一群青年汉子
　　　手里撒出了什么，
有的倒了霉，被揪上了牢车，
　　　黑色的牢车威风地在人群中驶走了；
就是，在洋房里，新闻纸上，

114

偶然也走读过"救亡","水灾","国难"的
字眼……。
但是，拿起了笔还是写自己的幻想，梦，
即一切神秘的感觉也务使无遗；
有时甚至只感伤地沉吟于过往的追忆，
对于现实总是感到零落，寂寞，孤凄。
写完了，他便独自的洋洋得意：
因为，这毕竟是自己脑海里压榨出来的艺术。
也不仅已经正当地消遣，
而今，白纸黑字里留下了"美"，
这里，没有人类社会的纠纷，
没有人与人间的争斗的恶作剧，
一句话：他不致卷入政治旋涡里。

他，的确，安全第一：
从没有警探打扰过他，
在那过往的岁月里。

就拿最悲惨的一天来说罢：
（我是这样地代他假想着）
日本兵开进市街了，
挨户搜查到了他的艺术工作室，
他，除了美女的石膏像，明星照片，
以及一些艰辛压榨出来了的美的艺术作品，
没有一丝毫的危险的东西。
于是，日本兵睥睨地笑着说：
"也好，正好做大日本的好百姓。"
此后，他便开始赞美起他自己的伟大来，
因为他的艺术解救了他一条寂寞的生命，
他走的正好是安全的路。
——委实安全第一了哪！
不过，在那战争时候，

在中华热血男儿还没有死干净以前，

流弹是否会伤及他，

饥饿是否也会光临他，

最难担保的，无知地

飞机是否也会轰炸他，

……这些，我不晓得。

——我相信他会祈求上帝的保护的。

也许上帝会成全他，

使他始终安全第一，

完成超亡国奴的至高至善的美！

录自《黑陋的角落里》，1938 年 2 月诗歌出版社出版。

致懦怯者

逃，逃，……逃吧，

高楼大厦里生活惯了的人们。

逃，逃，……逃吧，

没有决心共着祖国存亡的男子汉们！

但是，告诉你，香港不是安全的：

也许日机仍会经过香港

     漏落了炸弹，

也许将会更加流行的

   不光是随随便便的霍乱病。

我看，你们与其要到香港去储存

     你们的生命支票，

还是打起勇气来逃到喜马拉雅山去吧！
在那边张挂起青天白日旗来，
将来不是还有盛大的颂赞可图么？
能攀登喜马拉雅山峰的也是英雄啦！

一九三七年八月二十三日于广州。
录自《黑陋的角落里》，1938 年 2 月诗歌出版社出版。

不侵略中国领土的

东三省被攫取到手，
建造起了傀儡政府。
  日本人不怕没有人相信的地说：
  日本不侵略中国领土的。
前年，冀东特殊政权在武力下被逼成立了。
开矿呀，筑路呀，做顾问官呀，
组织会社呀，驻兵自由呀……，
占住了别人的媳妇
  还强嘴说大家理应共存共荣呀！
但是，中国人不是个个都丧尽了良心，
除了系住在日本女人裙带上的殷汝耕，
日本人的如意戏便多少有点不灵。
于是，日本人的大炮，飞机，机关枪
又在平津一带喊叫，嗥啸。
今回，平津被攫取到手，
治安维持委员会又在被操纵着的
          线索上跳舞了。
  日本人又不怕没有鬼相信的地说：
  日本不侵略中国领土的。

噢！噢！你满肚脏物的强盗，

你整天自家打家劫舍，

还骂支那是匪国的强盗们呀，

当年的琉球国大韩国如今哪里去了呢？

一九三七年八月五日，读某报不侵略中国领土言论后。

录自《黑陋的角落里》，1938 年 2 月诗歌出版社出版。

祖国复兴在雷雨声中

——给青鸟同志

风雷声中读到了你的信。——

人间的青鸟儿，我的挚友哟，你说

"再相见，是祖国复兴的时候"，

你以为这个预言会是很久吗？

我们的祖国已经复兴了：

她复兴在双一二带来的新"圣诞"，

她复兴在双七节启发的"八·一三"：

如今，到处燃烧着抗战的烽火，

那可不就是民族的复兴之光么？

最后的胜利日子是中华民族的光荣时候，

然而，人间的青鸟儿，我的挚友哟，

我们的祖国是日复在复兴中的。——

复兴的确当时候不在那最后决战的刹那哪！

因此，挚友，也许我们会在战场上相见的；

安静的生活的苦练不会把你羁留久，

那轰轰的敌机声不就预言了一切吗？

汹涌的鹭江波涛，载不走我的热情，

珠江口的怒吼也写不出我的情怀，

我们是暴风雨，我们生存天地间，
我们在任何时节都可把敌人毁灭！
——天晴了，我听见了莺鸣鸟喧；
人间的青鸟儿，我的挚友哟，
雷雨之后的世界是清新的哪！

一九三八年三月廿二日晨雷雨中至晴天后。

录自《真理的光泽》，1938 年 7 月诗歌出版社出版。

我读着《战士的歌》

——给克锋同志

读着你的《战士的歌》，
我忘记了云天的黯淡，细雨的轻飞；——
有战鼓在心里擂打，
有喇叭在胸头吹唱；
万千人马像阵狂风杀向前面……。
我想象着那些"失去左手的战士"，
臆测着那祖国原野的对于他们的呼召；
我也想起了只剩一个回来的英勇的战斗士；
——凭空，好像我已驰驱在战场上，
脑海里展开了伟大的黑夜进军的序幕，
到处是杀敌的火，是自由，是解放！
然而，定神一看：——
　　云天黯淡，细雨轻飞，
　　大地却还是一片静寂的。——
我在读着你的集子哪，朋友！

一九三八年三月廿三日于后方军伍中。

录自《真理的光泽》，1938 年 7 月诗歌出版社出版。

诗的材料像空气

——给可非同志

好极了，朋友，你说起了
你只怕脑子过于政治化！
世间正缺乏脑子政治化了的诗人，
因之，从"五四"迄今，我们的诗坛
曾被享乐主义的布尔乔亚
颓废主义的贵族子弟
混乱了好久。——
实在的说，朋友，政治化
对于诗人并不是压迫；
怕的是：诗人没有在政治军事里呼吸，
生活使得头脑没有彻底亲密她，
于是，勿论如何表露不出真情意，
　　　　　　　　谈不上艺术化。
嗳，你要知道，朋友，活泼和天真
永远是我们诗歌的源泉，
政治非是教条
不应当看作是铁栅子哟！
这时候，我在这里诚心诚意祷告你成功；
朋友，我的远方的政治工作同志哟，
难道你们的生活可以不是蓬勃而有生气的吗？
别人奇怪我的生活不浪漫，
　　　不玩弄女人，不蹂躏异性，
　　　不抽烟，喝酒也不曾酩酊大醉，……
然而，我可以写诗，飘飘泊泊
五年来我简直没有搁过笔。——

诗的材料像空气，像砂石，像工作，

我活着，我可以不呼吸，不使用，不工作吗？

我倒担心着：我的头脑

尚没有十分政治化、军事化；——

我是更希望我的诗歌

每一句都相似大炮，炸弹，冲锋号。

猛烈地向敌人轰击的。

——但是，放心吧，朋友，

我还是个诗人，真理的讴歌者；

即今，可不是在神圣的工作之后，

又还在此草率地为你写诗吗？

一九三八年三月廿四日于军中工作后。

录自《真理的光泽》，1938 年 7 月诗歌出版社出版。

今天，我们开始吃杂粮

——给胡危舟同志

今天，我们开始吃杂粮——

多年不容易随便觅到的番薯、芋头，

整整堆满了一桌，

我们尽情地吃了一个饱。

漫说我吃得那么舒服，朋友哟，

最使我愉快的还是

刹那间我感觉到了

我已返原了我的本来面目：

我的妈妈——这时候她已将近七十，

白发写满了她的慈悲

　　和对于苦痛的忍受，——

她是道地的一个农妇；
我从四岁起就没有受过父亲的好教养，
虽然我的大哥栽培了我，
我却也一半是吃番薯吃大的。
番薯、芋头简直就是我的好朋友，
我的同受过酸辛生活的同志，
我这样说时，你不会有半点稀奇罢！
可奇怪的是我有那么好的读书机会，
而且，勿论妈妈如何劝阻我也要读书，
致令十几年来东西飘泊，南北浪踪，
错过了多少享受番薯、芋头的季节；
甚至，妈妈以为我长进了，
常是背着我在当饭食，
弄得我莫知所可。
事实上，朋友哟，你且听着：
我骨髓里有的到底是农民的本质，
我怎会忘记好朋友呢？——
再过个把年头，天下太平了，
妈妈呵，那时我们再一道地
吃些家乡风味，
岂不是快活？——但是，
同志，谁晓得我可敬爱的妈妈
会长久康健不？
直到我带得最后的胜利归来！

一九三八年三月吃杂粮日。

录自《真理的光泽》，1938 年 7 月诗歌出版社出版。

真理的光泽

——给清水同志

昨天，我第一次
在这里对准了
衣服参差不齐
但非常天真活泼的小朋友们，
讲过了许多话：——
我的朋友哟，你当不会奇异，
假如我胡乱谈些国际大事，
他们会做着鬼脸，
甚至吹起了放牛时候的口哨来罢？
然而，情形还好，
我的说话竟曾使最小的兄弟
也把手指自口唇撤离。
我谈起了"信心"，
我说到法国的有名英雄，
为了有志做一个军人，
甘愿拿好面包调换粗面包，
于是毕竟完成了他的志望哪！
最后，我说到我们中国必定胜利，
因为我游历过许多地方，
每一地方的小朋友
都有要做中国的主人翁的信念；——
喂，我的朋友哟，你可以想象得到的罢，
他们中个个都有真理的光泽
        映现自眼中哩！

三月廿九日于翁源。

录自《真理的光泽》，1938 年 7 月诗歌出版社出版。

敬 礼

——给培贞同学

敬礼！——敬礼！

当我通过陋劣的街道上，

许多不认识的小朋友

在举着天真烂漫的手！

——是挚诚渗透过了他们的心，

他们向一切保卫祖国的军人礼敬哟！

然而，朋友，正是在这刹那，

一种莫名的重负，也同时

压上了我的兴奋了起来的心：

我们不能够对老百姓们施行欺骗，

我们不能够用失败来污蔑

那些小朋友的天真烂漫的爱情。

我们诚然是武装着，

那些不战而退的，

那些虐待老百姓

      而自己作威作福的

不也是雄赳赳过一时的军人吗？

嗳！敬礼！敬礼！

我的远方的朋友，

告诉你吧，我永远不会忘记的：

百姓们对我们燃起了最高的希冀！

一九三八年四月四日晚。

录自《真理的光泽》，1938 年 7 月诗歌出版社出版。

"等因" "奉此"

——给冀春同志

熊熊的烛火，缭缭的香烟，
突然点缀了青青的坟场，
——"又是清明了哪！"
果然是新鲜的，
墓头上配上了红帽子，
荒冢间忽的也有了热闹和凄凉。
然而，光荣，这就是光荣吗？
我们理应迟早也有那么的一日，
假如我们生前没有为国家出力，
没有用为真理而奋斗的精神
写下自己的生命的光辉，
——一句话，假如我们生着
只是为了一餐两碗饭，
夜晚共着老妻生孩子，
世间可还会有红场的肃壮，
黄花岗的伟大，——他们
用生命的波浪来逗引起人们的景仰。
——喂，清明了，我的真理的流浪汉哟，
果然繁忙的人毕竟不少，
你不看见万人冢上添上了几堆残烬？
人们都习惯于这种忙碌的生活，
你要晓得，世界上不少傻瓜
在"等因""奉此"里过活哪！

一九三八年清明节夜。

录自《真理的光泽》，1938 年 7 月诗歌出版社出版。

125

我兴奋地欢笑起来了

——给连城同志，作为《大地的火》序诗

我兴奋地欢笑起来了：
当我听着你唱，在猛斗的黑夜里
　　我们的意志是火，
　　我们的力量是火；……

我心里有一股新鲜滋味：
当我听着你唱，好像这个光景就在眼前：
　　示威的火在飞舞，
　　战斗的火在跳跃，……

果然呢，同志！
火燎原着在大地，
火光烛天：照红了亚细亚，
　　照红了欧罗巴，……
——青年的中国
　　在血泊里
　　在火焰熊熊中
　　前进，
　　成长！
我们让全世界瞻仰中国的颜色吧！
谁敢说只仅你——诗人的心中
燃烧着大地的火？
　　三个孩子凑成了伟大的叙事诗，
　　"女兵俩"演奏了壮烈的歌唱，
　　一个残废乞丐也要乐捐五毛，

126

我们的英雄在歌唱着铁鹰之歌哟！

诗人业已与现实打成为一，
伟大的现实展开在血泊中，
　　　　　火焰里；
——喂，同志，
这还是一个起点：
　　我们再加强着战斗的马力
　　让全世界人一瞻新中国的颜色吧！
　　　　我们的意志是火，
　　　　我们的力量是火！
　　　　不久我们便是太阳！

一九三八年四月十日晨。

录自《真理的光泽》，1938 年 7 月诗歌出版社出版。

火蛇的行列

——给林林同志

昨夜，汹涌的人潮，火浪
流过了古城的大街小巷，
祝捷的鞭爆声，欢欣的锣鼓声
打进了每一个乡民的沉静的心；
而在火炬的灼照中，
武装同志在流着愉快的汗。
——前方打胜仗呀！
——日本仔死伤二万几呀！
——喂，火……火……火，
当心呀，火……！
——喂，喂！同志，

心儿也都要跃跳起来了！
不消说，同志，我是在火蛇的行列中行进，
我即在火蛇的行列中喊叫；
而许许多多歌咏会的同志，
他们歌唱着，歌唱着，
简直就没有停过口。
最后火蛇的队伍
在古城内，在四郊分散了，
火光遍地在映耀。——
这时刻，尽管我在想着
"胜败乃兵家常事"；
然而，同志哟，你会相信，
大家都莫不有这么一种心情罢：
我们还会有更大的欢欣的，
当我们收复了南京、上海、平津……的时候！

一九三八年四月十三日于翁源。
录自《真理的光泽》，1938 年 7 月诗歌出版社出版。

青青的秧苗

——给冰山同志

天天都通过旷野，通过农田；
好像收割麦儿还是前天的事，
昨日，他们播种了种子，
今天，农田里却满长着青青的秧苗了。
依靠他们的忠诚的劳动，但愿
转瞬间他们会得到满意的收获罢！
——可抱憾的是：

我总是容易想象到半饥半饱的乡民们，
他们常是那么忠诚而终年劳苦着的：
其中，尤其是我的老妈妈，
我敢对天发誓：我从没有
把她那么一种勤劳操作田事的日子遗忘过。
——孩儿呀，几时你可以长大起来帮家呢？
——孩儿呀，几时做娘的可以减轻负担呢？
尽管我流浪到天南地北，
我总爱偷偷地归来，
为了听听这几句怕听而又爱听的话。
现今，神圣的抗战已在光荣地继续，
我的亲爱的同志哟，
当前方的胜利的消息不断地传来时，
你会相信不久我们会获得最后的胜利，
而许多农民的难解决的饥冻问题
也就容易获得解决的吧！——
我又看见农田里的青青的秧苗了，
哦，同志，不消说，
稻草上不久又开出了朴素的花，
而跟着又让尖端拖垂着一笔金黄哪！

一九三八年四月十六日。
录自《真理的光泽》，1938 年 7 月诗歌出版社出版。

诗人的日子

——给宁婴

很好，在这血的五月中
能够决定下了

相并五一节的"诗歌日"。

不怕五月的血

洒遍了中国的原野，城市。

这两个伟大的日子

将会是像五月的玫瑰，

由于那层年的血的栽培

而开放得愈加鲜艳吧！

果真如你所说，兄弟，

我预备请假归来。

这些日子，听到了

你们在公开化装朗诵，

我心里有万盏兴奋的火炬

          在燃烧，在跃跳。

呵，那一张圆台子挤满了

诗歌工作者的朴素的新年会，

我迄今还记忆得起

那时候的欢欣与热闹哟。

——播音，诗画展，联欢会……

果真，我们来一个伟壮的安排吧；

这一日将是诗人的天下！

一九三八年四月廿四日于翁源。

录自《真理的光泽》，1938 年 7 月诗歌出版社出版。

你在等待我的雄唱吗？

——给亚平同志

哦，同志，你在等待我的"悲多斐"式的雄唱？

——二月来我生活在军中，

除了前日想起曾国藩
曾写了一首《练兵歌》，
我尚没有找出火线上生活的紧张，
配合不出炮火般的轰然歌唱。
但是，稍为可以告诉友人的：
我仍旧动用抒情的机关枪，
针对着丑恶的现实，
一半诅咒，一半毁灭，——
我宁可让热情焦灼着燃烧着胸膛。
唉，依靠着热诚和志望，
一步一步的建设，一步一步的紧张，
来日没有半根毛发的悲伤；
我们将比作超速度的飞行机驾驶手，
但愿穿云过雾，渡彼万仞重山，最后
我们会完成我们的抗战志愿罢！

一九三八年四月廿八日。

录自《真理的光泽》，1938 年 7 月诗歌出版社出版。

读到了专叶《五月》

——给晴岚、连城列同志

双五节，双重的纪念日，
读到了你们的专叶《五月》——
　　　在烽火中，在铁蹄下；
　　　同志们哟，你们的歌声
　　　诚然鼓舞起了每一块土壤！
我很惭愧，到如今
还没有雄浑、美丽的歌词去作赞词；

除了一颗心思：认定了

五月的真理，那"五月红"战斗的名花，

经过多年的血肉的栽培，

今年当会更加开得煊耀而英雄。

（我只写出了仅此一首寓言诗哟！）

长久的关在办公室里，关在后方，

毕竟冷冷的空气掠夺了我的宝刀、枪炮，

我的歌声好久来都少有力量！

唉！……

喂！同志们，果然这不是叹气的时候，

没有犹豫，为了接受热的空气，

我们即将开走；我们要开到

能够用我们的枪炮

打杀敌机的疯狂的地方；

在那里我相信我会有激昂的歌唱！

一九三八年五月五日于调防前。

录自《真理的光泽》，1938 年 7 月诗歌出版社出版。

没有绝对的失败

——给彭毓炯同学

哦，朋友，由于你的提起，刹那

果真也唤起了我的沧桑回忆。

但是，人世间难得有真情爱，

对于她，虽然热诚成为浪费，

我即将做到相当高度的完成，

我为了我自己的痴情尽了责任。

别的话，我不敢说，

呵，朋友，她是对的，
世事怎能一一如意呢？
只是，我难能否认，
她助了我一臂之力，
如今我使我自己感到了
已是现世界的存在的生命，——
我是永远不灭，
感谢她的虔心。

——这些日子，
炮火更加宣示出了真理的存在，
我想，这是我的愉快，
当我追求真理，把握真理，
而又呼吸着，歌赞着真理的伟大。
往事像大风卷残云，
眼前到处是炮声隆隆；
朋友哟，这不也是你的心意？
把我在全民族的怒吼声中
英勇热血的战士的火花生活中
　　　　安排：——我相信
我可作准确的预言，
在人世上我没有绝对的失败！

一九三八年五月七日于军中。

录自《真理的光泽》，1938 年 7 月诗歌出版社出版。

我开始了游泳

——给阳光同志

哦！我开始了游泳——
　　我在水面跳，

133

我在水面泅；

　　我在水上歌！

突然一种感觉透进了

　　隐藏了在我心窝！

青青的竹林遥遥在望，

清风吹起了我回忆之波：

我记忆起了红帽绿裳的青岛，

那里，前年，我曾兴味地把暑热消磨；

今年，烽火声中，我听见了

敌人的残暴的铁蹄又在她身上踏过，

如今浴场上将尽日都是倭奴之歌。

我复记忆起了去年的暑月，

我的身心又曾濯洗在那南国胜地，

那厦门的鹭江风涛。在那里，

早夜有野马在嘶哮，

晨昏也有男儿在为祖国呼号。

我们曾在壮烈的歌声中歌赞美好山河。

可是，如今呢？——那可怕的

但又是预料到了的失陷噩耗，

又吹进了我的耳朵。听说

许多热血男儿为了祖国已长在沙场睡倒。……

呵！同志呀，正如我们之所知：

土地，人民饱不了贪婪的海盗；

如今我的素足又舞着了轻波，

记紧吧，不要让明年今日

　　海盗的马蹄又在此地踏过。

不能了！不能了！

　　我诅咒他们溃灭，

　　我诅咒他们灭亡！

你疯狂残暴的海盗哟，

看吧，我们都紧执着歼灭你们的干戈！——

然而，我的怀念在厦门，在厦门！

那里我的同志们也许卧倒了在血泊里，
喉咙里遍发着伟大的生命之歌！

一九三八年五月十八日于钟落潭。
录自《真理的光泽》，1938 年 7 月诗歌出版社出版。

又读到了你的——

——序素庵同志《二期抗战曲》

好，朋友，又读到了你的《二期抗战曲》。
在侵略和抵抗结成了《死的花》的时辰，
你唱着《岗哨的歌》；
为挖掘日本帝国主义的坟墓，
你来了《同情的广播》。
不仅，《飞天二烈士》值得你颂赞，
《八千子弟兵》陷在敌人圈里，
《世界空军》为正义而翱翔，
　　而在中华领空扑杀强盗，
你也没有淹没你的歌喉，
火焰般的热情把你的诗篇燃烧过。——
哦，果然，你是炸弹，
　　你是希腊镜，你是洪钟！
最少，对于你，这个时代，这个血肉的现实
并没有落空。——只是，
朋友，抗战，用武器当作歌
已又更是我们的出路，
但愿你有个时候
也会用枪声来代替诗歌的旋律罢！
我已生活得相当安适了，告诉你，

这些日子，军中生活也帮助了我的写作，
"双杆齐下"对于我们显然已不是夸大了哪！
你的热情诚然是相似炸弹。
然而，唯有生活所得的经验
可以保障你的炸弹充实而有力哟！

一九三八年五月二十七日于军中。
录自《真理的光泽》，1938 年 7 月诗歌出版社出版。

我的生涯

——给谈鲲同志

快事！快事！
团长带回来了你的信。
——你的名字又唤起了
我几许往日的回忆。
纵是伤感从不会涌出自我胸怀，
（对于生活从来没有糊涂
因之也就没有惋惜，没有伤感！）
假如时光比作火车，
岁月相似车站，
这走马风光不是值得惊奇吗？
我想起了你的订婚宴会，
多年的分别也许幸福不曾辜负你们罢？
感谢你提起了昔日的《新诗歌》，
今日，作为时代的新声
它们果真轰响在大众心头了。
播音台上，群众大会当中，
哦，朋友，这已不是梦，不是理论，

我们的同志早就出没着在！
就是我，面见了你大概你也不会惊奇：
数年来的生活还是一如往昔，
除了这些生活的诗歌
场面也许稍为伟大。
——呵！
我的全部的诗作便是至真的指证，
请你读吧，在那里读出我的生涯！

一九三八年五月三十日前夜。

录自《真理的光泽》，1938 年 7 月诗歌出版社出版。

福　地

——给雄飞同学

听你说福建已站起来了，
我的脑镜上马上映出了
我所歌赞过的少年：
如今，无数的风霜
把他教养成长了；
精神饱满地
他，武装着
伏卧在国防线里，
火的热情
燃烧在胸膛！
静黑的血流——肮脏的血流
将不复在巨人（福建）身上显现，
急迫，紧张的肌肉，脉搏
已鼓奏出了

137

巨人的生命之歌。

看吧！"福地"已成为臭招牌；

除了战斗，伟大的生死战，

人世上可曾有

真实的永远的幸福？

我想起那些可爱的同学们来了，

中华是刀枪，为了祖国，

为了自由，为了真实的"福地"，

他们都已作为刀枪而存在着

　　　　　　　　站立着了吧？

一九三八年六月五日晨。

录自《真理的光泽》，1938 年 7 月诗歌出版社出版。

在被轰炸下歌唱吧

——给石榆及诸同志

这些日子，忧虑的网张挂在我心堂之上：

敌机也在我们头上企图肆虐，猖狂，

我不由人地便想象到他们那一种残酷的杰作

——那血肉横飞，瓦砾满地，浓烟怒喷的景况。

呵，挚爱的同志们，当我接到了报纸，

急急地在怦然的悸动之下看见到

惠爱西路被炸的字句，……

我庆幸我的眼睛毕竟没有看见

诗坛社本部遭殃的录记；

虽然，我犹是多么为你们的安全而悸心哟！

为了神圣的工作我们星散了；

但是，同志，在这抗战烽火

燃烧在任一角落的数月间，

众多的诗作上交传着我们的心灵，面目，

我们几曾真实分离？——

采访，移植四面八方的名花异草，

呵！同志，多谢你们

作为园丁的殷勤的灌溉和栽培！

她们映着真理的太阳而灿烂光辉了，

几曾有多情的鸣鸟不歌赞这块园地呢？

如今，你们还是傲然地在被压迫下存在着，

你们的眼睛，你们的感觉，你们的器官，

当不会逃避这种责任：

    控诉日本帝国主义者的残酷

    于全世界爱好和平的人类之前罢！

我们原本为真理，正义

        而存在着，搏斗着。

同志们哟，欢欣吧，傲然地

在被轰炸下，乌烟瘴气下生存，歌唱吧！

（我深信，我颂赞你们，）

作为诗人，如此的生存是千载难逢的！

一九三八年六月十五日。

录自《真理的光泽》，1938 年 7 月诗歌出版社出版。

六月流火

一、六月流火——前奏

六月流火——

火在天空，

火在地上：

看吧，
太阳煎干了云团哟，
高空只剩下了青苍！
水牛整天避暑在池心，
黄牛贪睡地在阴凉。
猪猡用湿泥涂上了皮，
狗伸出了长舌叹着气。

那田园，
那菜地哟：
稻叶露出了瘟疲，
豆藤没神地颓萎；
菜垣上丝瓜焦黄了一半，
茄子像是年轻，
老皱却早就匿藏在心里。
也许你不会相信吧，
那小孩子们，
六月的燃烧了全体；
红色的小点，
黄色的脓疮，
满布在四肢各部，
破裂在发间，
也破裂在额角上。
人身就是不息的汗泉呀，
乡村的劳力者们，
滚滚的汗珠
颗颗的溜进了泥土！
那泥土，饱储起一切火热，
这火热，你想象得到那些
"地心的火"的力量，
你可以担心起那可怕的爆裂，
那万物的意外的飞扬！

——可不是么？

听吧，请听！

池沼里滚腾起白的热泡

那嘟嘟的声音

可不是白热的沸腾？

六月流火——

火在天空，

火在地上；

火也燃烧

在人们的胸膛呵！

二、稻浪

太阳榨出了农人的血汗，

太阳也煎出了稻尖的青黄。

太阳呵，

你是农人的磨难者，

你又是农人生命的灵光！

六月的风卷起了稻浪，

稻浪，一段一段的

在山麓消亡；

像海波荡漾中逗出金光，

呵，金光，农人生命的灵浆！

贫穷好比似磨坊里的水车吧！

而劳苦就是动力；

是劳苦日夜在冲打，

飞转着，飞转着，

贫穷跟着农人日到夜！

不，不对吧！

贫穷哪里是磨坊里的水车？——

贫穷几曾停止过呢？

　而磨坊早就要干蠹了，
人们哪再有谷物去供碾打！
　早稻呵，
　　饥饿里
人们燃起了新的希翼。
　人们在挣扎，
人们总想把这些苦恼抛弃：

（那是浓毒的蜂螫，
它深刺进农人的心。）
田亩捐，烟灶费，……
　柴草变不出钱，
啊！一针一针地螫入骨骸里！

　是的呀，今春的旱灾，
　农民永远不忘：
是人工跟踏水车的合作，
　救起了两根黄秧，
如今可收割到四成模样。

　谁能抑阻农民们
　在渺小的希望里
建立起虔诚的愿望呢？
　他们要祷告天地神明：
六月天光哟，莫下冰霜！

　看哟，农人们的哀乐伴随着太阳，
　从早晨直到薄暮的昏黄：
扫过田野的是六月的风呀，
　那稻浪
层层的尽在山麓消亡，消亡！

三、往昔的春色春光

今日的酷热，

　往昔的春色春光；

我歌唱太阳的永恒，

一颗血心永在人间辉煌：

它照耀着今日的我们，

　它也照耀过我们昔日的祖上；

自从最后的痰块封了祖宗的喉咙，

虫蛆蚀尽了皮肉，泥瓮作了永远的寄宿，

　在那冷清清的墓头，

　它也温暖地把他们薰沐。

今日的酷热，

　往昔的春色春光；

我歌唱太阳的永恒，

一颗明珠永在人间红亮：

它看顾着今日的溪流，

　它也看顾着那从昔少有变化的草场；

自从墓头第一次接受了温暖的热吻，

　子孙的长衣在坟前开始了吹拂，

长长的岁月里，它也看顾着

子孙的子孙们的骸骨又复进入了幽窟。

　今日的酷热，

　往昔的春色春光；

我歌唱太阳的永恒，

它最熟悉这些刚要废止的勾当：

（质问贫穷去吧，为什么会玩弛？

质问青年学生去吧，为什么要废止？）

清明时分，或是中秋前后，

人的喧嚣惊动了冢内的枯骨，

吹打手的乐音飘飘的在墓头，
墓碑的前面缕缕香烟冲天缭绕；
谁要计算烛火的欢笑，
看看碗里的红酒便可知晓；

看盆正像大公司里的货色，
  ．．
    （摆场面的祭品——笔者）
高高的一行又一行，
左右还分摆着全猪和全羊，
背上蒸出了油亮。
统响声中礼生执事揭开了幕；
穿长衣的父老做了献礼的主角；
不惮麻烦的出演，个别的分献；
严肃一致的沉默，全体的跪落；
静穆里来一串鞭爆的拍拍，
财宝的纷飞中这才宣布了闭幕。

开饭前不妨在草场上
惹起一番争吵，
面着祖宗的幽灵
表白了自己的胸怀，
夜梦中也了却了一件心焦。
等候着聚餐时间的临到，
用酒肉征服待久了的饿；
老的务必带着醉态踏上归途，
后生伙子却不妨由此山又向他山越过，
偏僻处尽情地唱个解闷开怀的歌。

四、测量

1

是遭狡獭跳入了鱼塘的池鱼吧？
又像是被狐狸吓怕了的鸡群！

144

面对着面，
也面着凹口的小土墩；
　　惊慌
潜入了胸门！

是山羊望见了凶狼吧？
又像是残败的部队发现了伏军！
　　眼睨着眼
　　又窥着凹口的小土墩；
　　　惊慌
潜入了胸门！

2

干什么的，干什么的？
你，你背枪的两名士兵！
　可怕呀，那刺刀上的光的闪明！

干什么的，干什么的？
你，你三个穿长衫的绅士先生！
　可惜呀，白长衫上会飘出汗腥！

看！那两个小后生
牵起了长长的线，
眼睛对准三脚架，
也瞭望着远远的田面！

——这难道是还不晓得农人的耕田？
——这难道是新法子的丈田？

啊！——不行！
干吗他们要在那里插起小绿旗？

不行哟，不行！

145

后面跟着两名兵
总没有好事情！

噢呀！你看，那绅士，
他的手在乱指；
　　——他是在指挥么？

三脚架换了一个地址，
又换了一个地址；
不得了哟，
三角小绿旗逐渐多了！

看！山凹脚插起，
一面一面的
渐渐地
已插进了田段里！

　　　　　　　3
谁能再站立在屋前屋后呢？
　　——惊慌塞满了胸脯：
这是我们祖传的田土，
　　　　流过血，
　　　　流过汗，
　　　　靠它，
　　　　我们一代一代的
　　　　把时日挨度！

谁有心事再站在屋前屋后呢？
　　——恐怖早就涂上了面部：
　　　　那绿旗下面的坟墓，
　　　　　　是开基祖公，
　　　　　　是开基祖婆，

146

靠它

保佑了

我们老老幼幼！

4

哦！

坟墓！

田土！

农民的生命线哟！

为它，

农人们

宁可虚掷着头颅！

哦！

坟墓！

田土！

农民的生命线哟！

算不清的岁月中，

农人们业已

建立了他们的爱护！

五、乡长

1

——"找乡长去！"

一个暗合的心灵无线电，

通过了每个农人的心田；

于是，大家

拥到了乡长的大屋里面。

噢！噢！……

那凹口一带是我们的命脉，

谁也不能私自主张！

谁能少去两丘田？
谁能丢弃自己的祖上？
——半是质问，半是命令：
乡长，乡长吓得跳下了烟床！

2
乡长——
红白好事里揩点油水费，
田亩捐，乳猪捐里抽个百分几。
吞下了乡民的
多少冷言和冷语，
　　忍受着，
　　忍受着，
　等候着借题发挥的机会！

　　乡长！乡长！
　　我们的乡长
　　是个老烟枪！

乡长——
　不管乡民的饱和饥，
　也管不了人们的生或死。
　今天上门，
　明天上门，
　　　为着，
　　　为着
　那一角钱的月捐费！

　　乡长！乡长！
　　我们的乡长
　　是个老烟枪！

3

乡长呵，
乡长今天可要
显显他的威风了——

他斜眼瞅着年青人的脸孔，
隐恨早溜出了眼瞳；
那烟声哟，
继续地冲出口中：

"哼！一点事就要大惊小怪吗？
慌什么？慌什么？……
等着，等着
让我前去问问吧！"

于是，大家噤住了嘴；
戴上了陈旧的水晶眼镜，
乡长慢慢地出去了！——
　　（撇下了百只眼睛
　　　落在他的身后！）

六、报告

"这里要……要……要赶筑……公路，
前方……要……打仗！
大营……来有……来有命令，
　　青禾……青禾要……要……要割光！
　　……"
冰冷的雪水淋落在头上，
颤栗传出了他们的恐慌。
　　——快脚三是听错了吧？
但是，
这快脚三的断续的报告哟，

149

每一个单字都在农人的胸头膨胀！

　　"乡长！……"

　　"乡长！……"

　　"真的筑公路？——

　　筑来打仗？……"

　　"这是来要我们的命呀，

　　乡长！……"

　　"……"

　　"……"

每个人都有个疑问郁在心里，

每一个都争着吐个快畅！

　　　　——快脚三是听错了吧？

仲裁权交付给乡长；

　乡长哟，乡长

还在百步外这边就充满了喧嚷！

　　"乡长！乡长……

　　乡长又没有翼，

　　有翼也难飞呀！

　　——他们说是……

　　奉军长的命令，

　　前方军事紧急，

　　半个月内就要修成这里的公路；

　　迟一点就算犯了法，……

　　犯了法的就要……枪毙。

　　……被插了绿旗的……，

　　说是从明天起，

　　三天内就要割禾，

　　延迟一天他们自己

　　就带人来做！

　　——可恨的是那镇霸陈生仁，

　　噢！……那贼占！那老不死！

他带他们来测量，
远远的避开了他陈姓的墓地，
绕个圈子就到了田段里。
——可恨……可恨！……
那小绿旗是插在
开基祖坟的龙脉上呀，
唉！……一穴好风水，
如今，也难指望！
……"

乡长在喘急中又复加上了叹气，
噩耗一句一句印入农人的心底！
——快脚三并没有错呀！
老老幼幼一齐倾着耳，
证据深嵌在心尖里！

七、恐慌

王阿二比任谁都更着了慌，
（他的儿子来了报告，
旗子插在仅有的两丘田上。）
他慌忙地拉着两个父老，
走上前，面对着乡长——
是哀求代替了反抗。
他说："……噢！……噢！……
乡长！……
替我向官长说，
我就只有两丘田——
请他……饶让！……"

别的也跑到乡长前，
眼泪出了眶：
"乡长……乡长……

我家没有田地，
你是知道的呀！
就只有这么一丘秧地，
乡长！……
我们会饿死！……"

哦！如果说是凭空降下了大刀，
这刀尖呀，却正是
对准了农民的胸膛哟！
眼泪，悲哀，颤栗，恐怖，
多位一体的怪物呀！
今天更加抽紧在农民的身上！

八、商量

老五叔发了一些菩萨心，
这个面前"不要慌"，
那个面前"大家会商量"，
可惜呀，到头还是空的言语，
农民们耳朵里只有震荡的空气。
——光是口里嚷着有什么用呢？
抗议吧！父老们！
是呀，公路决不能修筑在祖坟上哟！
是呀，公路决不能修筑在田段里哟！
发火吧！青年们！
你说你们宁可不需要公路罢！
你骂他们是贼古罢！
你说你们的田要你们自己作主罢！
——但是，
啊啊！你们的主意在哪里呢？

找某亲戚的某官长去讲情吧！
打电报请某某同宗的师长设法吧！

向局长、官长们多进贡一点金钱吧！
要求他们改寻别的路线吧！
——对呵！对呵！
谁敢说你们是蠢如牛猪呢？
可是，可是！农民们，
钱呢？钱呢？——
你们，你们都过于贫穷呀！

可怜，可怜呵！
到头这就算是应急的办法了吧：
（王祥四想了好主意呀！）
请乡长去见见局长，
跟局长去恳求官长：
请求官长慈心的宽让呀！
请求官长起码要把时日延长呀！
……
其他呵，其他的慢慢地计议吧，
其他的哟，慢慢的商量！

九、布告交涉与绝望

攘外必先安内，
安内首在剿匪。
剿匪宜筑公路，
克日动工毋违！
限尔三日割禾，
家家派工协理。
晓谕你辈百姓，
切切勿误军机！
……
堂皇的军长的命令，
第二天，就张贴在乡村上：
打破了农人们一向的惯例，

目不识丁的也站上前去观望，
小学教师充当了临时的顾问，
整天一句一句的向他们酬唱。

　　"本官长只知道上头的命令，
　　　千万不能展期！
　　　——不能！不能！
　　　路线也丝毫不能动移！"
可怕呀，
那旅团长的威风！
可恨呀，
那农村的贫穷！
——贫穷哪能使出神通？
谁有万金去向那官长进贡？
王阿二第一个晕了脑袋了！
细二、细三惊骇着，
好像是中了急性的热疯！
老年人在摇头，在叹气！
年青的一团一团在聚议：
田园中，
广场里，
充满了妇人们的谩骂：
　　　骂天，骂地！
　　　骂绅士陈生仁的狼心狗肺，
　　　骂他一定又在大营里做了鬼；
　　　还骂出了那悲苦的生活，
　　　那他们自己的生活的惨凄。
骂得草场上的黄牛
带住了尾，
摇摇头，
竖起了两只耳！

十、哦！坟墓！田土！

哦

坟墓！

田土！

农民的生命线哟！

算不清的岁月中，

农人们自身

怎样建立了顽强的爱护？

哦！

坟墓！

田土！

农民的生命线哟！

为它，

农人们

掷去了多少头颅？

十一、祖墓赞歌

——大众合唱诗 1

（老人群合唱，中年人亦有参加，但声调不十分洪亮）

谁能没有祖宗？

谁能没有上代？

我们的上代开基这村乡，

祖宗的伟绩我们代代不相忘！

（甲乙两老人）

相传当初这里犹是万姓乡，

我们的公太有明师（地理先生之阴者——笔者）

我们的风水比人强，

别人搬的搬，徙的徙，

今日万家已绝亡。

（老人群合唱）

155

幸得我们有明师，

我们的风水比人强，

今日呀，我们王家姓氏香！

（丙老人）

看那远远的高冈：

龙势滔滔，

活龙跃跳！

田段中的祖墓，

确是葬在生龙口。

说是当初祖坟初安葬，

三日三夜鸡不啼，狗不叫：

别家先知难再住，

先先后后移走了。

（甲乙两老人）

龙势滔滔，

活龙跃跳！

（老人群合唱）

我们的祖坟初安葬，

三日三夜鸡不啼，狗不叫！

（丁老人）

看看别的坏村庄，

莫说没有出过什么小知县，

秀才、贡、监也不扬。

我们这里出过两个府知事，

文武官员数难详。

××公是中武解，

××太公差一点就做了状元郎！

（老人群合唱）

过去，我们这里是个好村庄，

文武官员数难详。

当日谁不晓得王家姓？

谁不晓得王家庄？

（甲老人）

听说他乡有明师，

用计来破祖坟堂。

幸得祖宗有照应，

我们的上代发觉了，

铁拳把他锤出了这村庄！

（乙老人）

听说他乡有明师，

用计来破祖坟堂。

对面高峰起高塔，

塔峰一起这里就损小儿郎。

当日曾卷起了大风浪，

拳头家伙拼了好几场；

亏得××太公还在世，

请得知事来相帮，

限制了对方不能起尖顶，

筑塔永远不能过两丈。

（戊己两老人）

可是，今日的村庄

已没有往日一样！

（老人群合唱）

是恶魔，是毒鬼！

他们陷害了我们的村乡。

（戊老人，声调悲而弱）

然而……然而……

他乡也没有比我们强！

（己老人）

想来都是劫数，

祖宗、菩萨也都弱了力量！

（数位青年学生的尖锐的嘲弄声：）

劫数，劫数，劫数！

骨头末也挖出来见天，

那自然也是劫数哪……

（甲）但是，但是，

　　　人人总得有祖上！

（乙）哪个没有上代的墓堂？

（丙丁两老人）

　　　还有一穴好坟堂，

　　　别家总还是眼睛发火光。

　　　没有破坏心不愿，

　　　夜夜睡眠总是不安康！

（甲乙两老人）

　　　谁允许你破坏呀！

（老人群合唱，中年人亦有参加，声调较前嘹亮）

　　　谁允许你们破坏呀！

　　　我们的上代，

　　　一心一力开发这村乡，

　　　祖宗的伟绩，

　　　祖宗的骨骸，

　　　我们代代不相忘！

　　　谁没有祖上？

　　　谁没有上代的墓堂？

十二、土地赞歌

——大众合唱诗 2

（老人、中年、青年合唱）

　　　谁给我们以白米？

　　　谁给我们以破衣？

　　　谁曾管过我们的病和痛？

　　　谁曾顾虑到我们的生或死？

　　　　溪水淙淙昼夜地奔流，

　　　　流呵，流呵，流呵流！

　　　　劳力耕种着土地，

土地上结出了粒粒珍珠！

土地哟，

只有你，你

是我们的救主！

（中年人同唱）

我们出过粮，

我们纳过捐；

从我们的上代到如今，

锁链枷住我们一年又一年！

我们不识字，

我们不知道换了什么新时代；

我们只晓得连年打仗的厉害：

炮火毁坏了房屋，

桁梁瓦桷化了灰。

抢掠，奸杀，

牲口牵去发洋财。

饥饿就好似

潜在肚隈的毒蛇，

昼昼夜夜

不断地向深心袭来！

（大众合唱）

饥饿的毒蛇潜在肚隈，

昼昼夜夜，

不断地向深心袭来！

（青年人同唱）

我们耕种，

我们流尽血汗；

从我们的上代到如今，

一代一代

干呵，干呵，干呵干！

我们识不了多少字，

我们不知道换了什么新时代；

我们只晓得这是怪年辰，

不是旱灾便是水害：

童山上，岩石里，

迸出了洪流，

扛走了桥梁，

冲坏了田野，

扫尽了谷物，

打尽了牲畜。

换一个年辰，

又是春天的旱：

溪流里只剩下饮水，

田丘的裂痕一寸多宽；

用眼泪买求菩萨的欢喜，

直冲天空的烟围中，

飘荡着我们生命的辛酸！

曾有谁能摆脱那饥饿呢？

那饥饿呀

挥起了长鞭，

昼昼夜夜

敲打着我们的心田！

（大家合歌）

从我们的上代到如今，

一代一代

干呵，干呵，干呵干！

（青年停，中年，老年们续唱）

曾有谁能摆脱那饥饿的厄难？

那饥饿呀！

挥起了金鞭，

160

日日夜夜
敲打着我们的心田！

（老幼大细男女同唱）
谁给我们以白米？
谁给我们以破衣？
谁会管我们的病和痛？
谁会顾虑到我们的生或死？
从我们的上代到如今，
土地哟，一代一代
我们耕种活着你！
我们无时会离开你的怀抱，
我们长在你的胸怀里！
我们同着你肥瘦：

我们共着你的灾难流泪，
我们共着你的幸福欢喜！
——噢！⋯⋯噢！⋯⋯
土地！土地！
我们长年的
看守着你！

十三、要拿起我们的家伙

——大家合唱诗 3

（沸腾声）
——我们爱护土地！
——我们爱护土地！
——我们爱护土地！
——我们不能白白饿死！
——我们不能白白饿死！
——我们要活！

我们要命!

要活!要命!

要活!要命!

···········

(青年王挺三)

我们晓得恶劣绅们在做鬼,

我们晓得花边胜过了正义,(花边即银元——笔者)

我们晓得枪杆破了儒者的公理,

我们再也用不着去大营求跪,

口干舌燥的颤声中,

到头只催出了我们自己的泪!

(青年老七)

哼!……求跪!求跪!

　　(祥四叔们回来说)

简直是去受气!

守门的学会了装腔作调,

值日官也熟惯了狐假虎威。

官长出来时是一顿熟骂

什么公路,公路,

什么福利,福利,

(公什么?福什么?

还不是新的方法割去了旧的地皮!)

一串的"糊涂"、"乱党"、"共匪"……

——抓出去枪毙!

——抓出去枪毙!

吓得大家面面相觑。

(沸腾声)

——我们爱护土地!

——我们爱护土地!

——我们爱护土地!

——我们不能白白饿死!

——我们不能白白饿死!

——我们要活！

我们要命！

要活！要命！

要活！要命！

——我们不向大营求跪！

——我们不向大营求跪！

………………

（挺三）

我们熟悉油盐柴米，

我们懂得田园菜地，

但是，匪，匪匪匪，

匪是什么？

你们不是匪时，

匪可不就是我们穷苦兄弟？

（青年细二）

匪，匪，

你们不来我们平平静静，

如今，我们可不是犬跳鸡飞？

（挺二）

兄弟，他乡可不是已经有例，

为着同样的剿匪公路，

我们的乡邻供奉了田地，

卖尽了死力，

担黄泥，锄地皮，

一天到晚吞声又忍气。

到头，那监工的还是嫌七又怒八，

不管太阳火般烈，

也不管大家的死或活

轻意背上便被鞭起了长长的浪，

轻意大腿、脚跟便被枪头撞出了血；

直到愤怒逼得大家迸出了烈火，

一拥上前地夺下了枪，

四五个丘八

两条腿被打了个半折；

后来还开去了两三十个士兵，

在那里呼呼喝喝；

幸得有人到远乡去通了风，

来了一批人马，

当场斩杀了连副，

其他的丘八招了降，

两三十名没有一个曾漏网。

……从此，那一乡

大家干得轰轰烈烈，

从此，官军的足迹永远绝灭！

（青年炳三）

得呀，得呀，得呀得！

那些乌龟王八总得杀！

（声：）杀！杀！杀！

我们要活！

我们要活！

…………

（挺三）

兄弟，我自身可不就是证据：

活了廿几年，

哪一年不是浸在苦海里？

耕了三担谷田，

不再做些手艺哪来三顿的米？

可是，如今，

米价贵了，工作停了，

田丘又说是要筑公路了，

…………

难道我一家五日这样地白白饿死？

（声：）我们不能白白饿死！

我们不能白白饿死！

我一家会饿死，

难道老天就会为大家掉下谷穗？

（声：）我们要活！

我们要命！

要活！要命！

要活！要命！

可不是大家都只是一条命——

迟也死，早也死！

我们还要什么大道理！

（声：）我们不向大营求跪

我们不向大营求跪！

想来想去，兄弟，

我们还是要拿起我们的武器，

我们得阻止他们前来割禾，

我们要用武装来解决一切难题。

（炳三）

不错！不错！

（老七，细二）

——赞成！赞成！

——不错！不错！

（青年大众）

白刀子进去红刀子出来，

看看哪一个敢来收割青禾！——

好呵，好呵，好呵好！

我们要拿起我们的家伙（武器——笔者）！

（沸腾声）

——我们爱护土地！

——我们爱护土地！

——我们爱护土地！

——我们不能白白饿死！

——我们不能白白饿死！

——我们要活，

我们要命！

要活！要命！

要活！要命！

——我们不向大营求跪！

——我们不向大营求跪！

——我们要把家伙拿起！

——我们要把家伙拿起！

（甲乙两老人，声音低弱）

挺三！挺三！

（你一向都是好的

这几年来上走下走

怎的就学坏了？）

后生人不能乱暴！

——杀起来那还得了！

（丙丁两老人）

是……是……

杀起来那还得了！

——有事总得大家商量呀！

谁不爱护祖上？

谁不爱护村乡？

（中年男子多人）

唉！……

也难怪青年人的气火！

…………

…………

（沸腾声）

——我们爱护土地！

——我们爱护土地！

——我们爱护土地！

——我们不能白白饿死！

——我们不能白白饿死！

——我们要活

　　　　我们要命！

　　　　　要活！要命！

　　　　　要活！要命！

　　　　　——我们不向大营求跪！

　　　　　——我们不向大营求跪！

　　　　　——我们要把家伙拿起！

　　　　　——我们要把家伙拿起！

（大合唱——青年们由散而聚，合唱声逐渐洪亮）

　　　我们代代受冻，挨饿，

　　　我们的苦难受够了！

　　　叹息、磕头、讨饶，

　　　只博得别人的嘲笑！

　　　拖着肮脏的黄脸，

　　　紧皱着忧怨的眉头；

　　　长日伴着死鬼的哀叫，

　　　一颗血心长在暗夜中颤跳！

　　　——哦！

　　　——哦！

　　　如今，我们要倒下身上的重荷！

　　　我们要打破一切身上的铁锁！

　　　　我们要活！

　　　　我们要命！

　　　　要活！要命！

　　　　要活！要命！

　　　呵呵！

　　　我们要拿起我们的家伙！

十四、六月流火

——哦！

——哦！

六月流火，

火燃烧在人们的胸腔！

——哦!
——哦!
六月流火,
火燃烧了王庄!

六月流火,六月流火!
火在天空,火在地上!

十五、警告

警告!警告!
　我们怎忍收割青稻?
你大营派来的弟兄,
请上覆你们的长官吧,
你们自己亲身来做!

　警告!警告!
　我们怎忍收割青稻?
稻珠就是我们的宝宝哟,
请你们想想吧,
谁忍心去向他们的肉身加祸?

　警告!警告!
哪怕一天三回五到(次——笔者)!
请上覆你们的长官吧:
　我们不忍收割青稻!
　这里不能开筑路道!

十六、动员了

动员了!
动员了!
　(第四天)
王家庄上有了总的骚动:

168

看呀！

王挺三第一个背起了鸟铳，

老七紧紧地抓住了锄头棒。

细二、细三裤带上藏了双关刀，

炳三的锐利的戈矛

风车般的在舞动。

舞动，舞动，舞动呀！

磨着拳，擦着掌，

　　百十个后生穿梭着

　　　　在溪旁，

　　　　在田垄；

　　每个人共有着

　　　　一副紧张，紧张的脸孔！

动员了！

动员了！

　　（第四天）

王家庄上有了总的骚动：

　　　　看呀！

　　小孩子们逃出了学堂，

　　　　　　在高丘，

　　　　　　在高冈；

　　妇人们一面念着菩萨，

　　一面又向着凹口眺望！

　　　　　眺望，

　　　眺望，

　　眺望呀！

那凹口站着长者的行列；

那里谷风摇动着树梢，

那里有数只乌鸦在喊叫，

　　　　　喊叫！

十七、来了吧，来了！

1

"来了吧，来了！"
任谁的一句话
都能左右大家的头；

大家翻过头去：
——没有！没有！
清泉通过了深沟。

"来了吧，来了！"
任何的声响
都能左右大家的头；

大家沉默了下去：
——没有！没有！
谁在草地乱插戈矛！

2

九点，十点，十点半……
敬礼，不断地鞠躬低头，
早稻哪解主人的忧愁？

九点，十点，十点半……
太阳烧出了碧霄，
太阳也烧焦了他们的忧苗；

从衷心诞生了刹那的微笑
"他们不来了吧，
噢！想是不来了！"

3

可是，可是……
一个，二个，
男的，女的，
四十多个人的长蛇呵，
在那凹上，
在那斜排路边出现了！

押尾的是那雄赳赳的士兵；
士兵，整整十有一人；
那长枪的尖尾呀，
刺刀闪明，闪明！
——啊啊！
他们来了！来了！

十八、骚动

1

和气的谦虚呀！
低声下气的请求呀！
　　可怜！可怜！
　　无用！无用！
父老们，可不都是废话！
看！看！
　　　那排长的脸，
　　　那铁黑的面！——
嗳呀！你再听下去罢！
你再听下去罢！
你看那狗入的小走狗，
那领队的，那外乡的杂种；
他也配摆架子么？
他也配前来向我们说话么？

——可是，可是，

你听，他也在吊高了嗓子！

——什么话？

　　"官长的命令

　　谁也……不敢反抗。"

哼！哼！……

嗳哟！……凶哟！

那可怜的六元月薪的士兵！

　　（他们像似再也没有了善良根性）

　　什么"他妈的"，

　　什么"丢他妈"，

你们是谁呀？

你们可忘记了

你们乡间的父亲和母亲？

——来了！来了！

这真是好威势！

　　上刀！

　　要上刀？

这狗排长，

简直不把我们当作人！

——啊！可怕！

看，看看那刺刀上的灿明！

——什么？是噜叱的骂！

　　骂吧，骂吧，

　　谁跟你们讲交情？

可是，是谁？

谁瞎了眼睛？

你们要筑公路，

你们说今天割了禾

明天就修到了这里；

你们可没有看见谷粒还青？

你们可记起了我们也是老百姓？

我们要活！我们也要命！

——谁呀？

——是祥四叔的声音？

　　叫他们不要动手？

　　叫他们不要逆天？

　　叫他们先修那山边？

不行呀！不行呀！

我们不要！不要！……

嗳！什么话？

　　"天！天！

　　子弹不识人！"

那走狗，那杂种！

你们有子弹

我们就没有枪刀铳炮？

啊！啊！又来了！

听！听！

　　"上官的命令就是割禾！

　　我们来了也就要割禾！

　　……下手罢！

　　快……快！……

　　　　割禾去！

　　　　割禾去！"

这狗排长，这狗东西！

真的发了割禾令！

……好吧，看看

老子们的家伙灵不灵！

——怎么？

——怎么他们不敢去呀！

不错！割禾的可都是乡邻！

乡邻们，你们也来做这种事情？

啊！他们可怕那几名狗兵呀！

你看，他们都望着兵士们的眼睛！

——好，祥四叔又踏上去阻住了！

你们癫了吗？

你们也是耕田的，

你们的青禾叫人割了

你们可不痛心？

……

说得好呀！

看！他们又退潮般的退下了！

——谁？又是领队的那杂种？

——哼！又是什么"乱党""反抗军令"！

嗳呀！动手了！

抓人了！

抓祥四叔了！

看！父老们都上前去了！

好吧，我们大家都出去！

——大家出去！

出去！

出去！

出去！

2

小溪里钻出了人头！

田垄里钻出了人头！

茅草蓬里钻出了人头！

竿头丛里也钻出了人头！

王挺三是个急先锋，

力的生力军呀，

那有一个落后踵！

像旋风卷起了砂和石，

又像在林梢骤雨沙沙走！

是八月的海卷起了浪潮呀！

是地心爆裂大地在动摇呀！

啊呀！——

天空里热火在照！

田野间烈火在烧！

烧！烧！烧哟！……

排长呀，再威武一点罢！

你，你也要害怕？

你也要颤抖？

呵！……

砰……砰……砰……

应着排长的命令，

兵士们开枪了！

开枪呀！

战栗的子弹冲出了枪口！

勇敢的忿怒冲出了心头！

挺三呵！勇敢的狮子王！

跳上去了，跳上去了！

啊啊！他抓住了那排长！

打滚呀！

夺下了他的手枪呀！

啊啊！雨点般的拳头

落在他的肉身上！

上前！上前！上前吧！

那力的生力军呵，

是万马奔腾的海浪！

是闷热中撼地的雷响！

啊啊！……

两个兵士着慌了呀！

啊啊！……

两个兵士业已开始逃走！

逃走！逃走！逃走呀！

惊慌塞住了枪口！

逃走！逃走！都逃走呀！

谁又不爱惜自己的头？
丢下子弹抛下枪吧，
田野的风在怒吼！
怒吼！怒吼！怒吼哟，
怒吼的风紧跟在身后！
——只是，奇怪呀！
你领队的，你他乡的杂种狗，
你可是给鬼缠住了！
浑痴痴的，浑痴痴的，
噢呀，你也敢不逃走！
痴什么？呆什么？
来吧！来吧！
炳三给你一个大拳头！
你这死鬼！你这走狗呀！
我们已经受够受够……
噢呀！……
杀猪般的喊叫！
噢呀！……
鲜血也流出了口！
鲜血，鲜血，鲜血哟！……
啊啊！遍山满岌的乡邻们，
你们可不必逃走！
不要逃走呀，不要逃走！
你们好好的归去吧！
归去！归去！
请你们向大家说呀，
耕田的人
再也不能不硬硬骨头！

十九、怒潮

决堤的滚滚黄河水，
谁有力量去堵住？

呵呵！原始的武器在挥，在舞，
田野里今天伸出了反抗的手！

饥饿、寒冻、苛捐、杂税……是父是母，
一身就是疾病、悲哀、罪咎……的枢纽；
听厌了别人的买拐，引诱，
今天，一个抖擞哟
要卸倒这些千百年的重负！

谁野蛮？谁企图非有？
（谁把黑白颠倒，模糊？）
呵呵！我们是地底的狂流，
是地底积下怒潮年载久！

是地底积下怒潮年载久，
万斤重担我们也曾一身担受：
（听！听！谁的声音在沸腾？——
可不是么？可不是么？
正义与公理的声音在轰！在鸣！）
那贯通南北联络的运河，
那称雄世界的万里长城，
可不都出自我们的巨手？
平汉线，粤汉路，
平津沪，沪杭甬，
我们的汗血可会朽？
然而，然而，
别人掌握了我们的咽喉，
别人已载走了我们的财富，
我们饥饿，我们寒冻……
我们何所有？
我们有什么物质的享受？

我们何所有？

我们有什么物质的享受？

（听！听！谁的声音在沸腾？——

可不是么？可不是么？

正义与公理的声音在轰！在鸣！）

谁诬我们不需交通道？

谁诬我们不要筑公路？

由兰州做圆心的中点，

铁的长蛇东西南北吐，

我们的公路网

繁密赛过那蜘蛛；

我们驾起时代的雾，

夺过那别人手里的引擎，

紧握着我们自己的引擎，

（滚开！滚开！你们甜言的引诱！）

我们的引擎我们自己来左右，

一切交通，交通归给我们掣肘！

一个时候，——我们的土地，

土地一切公有，我们间没有私主，

我们自己修好公路来

赠送给我们自己的政府，

我们为政府，为自己而劳动，

有功我们的是我们的始祖，

我们本身即是撑天柱，

大地上逃跑了阴灵和神父！

（呵！你地下静睡着的祖宗，

你们总高兴你们的子孙得救，

你们活了一辈子可没有自由！）

在废墟的神庙，地坟上，

汽笛吹奏起前进前进的歌谱，

起重机正似助勇的战鼓！

——呵呵！滚开！滚开！

如今的你们的腐了的肺腑：

你们这些贼古！

你们这些屠夫！

你们这些狼虎！

滚开，滚开吧，

你们这些魔鬼的手！

滚开，滚开吧，

你们这些魔鬼的手！

（听！听！谁的声音在沸腾？

可不是么？可不是么？

正义与公理的声音在轰！在鸣！）

请问：你们可是前来铺筑文明的路，

可是为着交通？

可是为着我们乡土的富庶？

可是为着全国的福祚？

可是为着整个亿万大众

必须急把我们少数的嘴巴封固？

可是为着我们私有了过多的田土

理当忍让，牺牲某一部？

——是谁？谁的面皮厚过大屁股？

谁不晓得你们假借名义想揩油？

谁不晓得你们只要我们的万金去赎贿？

谁懂得这个天年谁是匪？

谁不晓得转个眼

匪就是我们的父母和兄弟？

转个眼你们就派大兵来，

转个眼子弹就穿进了我们的胸脯里！

谁？谁方便你们去杀穷人？

谁？谁方便你们以田土？

谁不晓得你们偷天换日强为主？

别人高举起正义的镰和斧；

你们却千方百计去屠戮，捕虏；

别人锐意地在建设，教民御侮，

你们却拼命攻打，四面布下毒弩；

你们断绝了别人的盐食米谷，

你们断绝了别人的药料、用品、衣服，

你们一手建造起人类的罪罟，

你们让别人咽下了万千愤怒，

（铁流哟，到头人们压迫你滚滚西吐，

铁流哟，如今，幡过高山，流过大地的胸脯，

铁的旋风卷起了塞北沙土！

铁流哟，逆暑披风，

无限的艰难，无限的险阻！

咽下更多量数的苦楚里的愤怒，

铁流的到处哟，建造起铁的基础！）

你们可晓得，可晓得

你们已迫别人酝酿起更生的鼓舞：

——呵呵！你们的肉身早已贱估！

        你们的灵魂早已酸腐！

滚开，滚开吧！

你们的秽足不要踏上我们的净土！

滚开，滚开吧！

你们的秽足不要踏上我们的净土！

我们执着枪，

我们也执着原始的打鸟铳，

我们的刀锋不怕不露光芒，

我们的梭标不怕已有黄锈，

我们的木棍不怕没有大炮粗，

我们的武器不怕只够个别的

跟你们的生命打赌。

我们不是少数：

一村、一镇、一县、一省、一国，

一厂、一城、一市、……

我们的阵线是亿万重压下的贫苦！

像决堤的黄河水，

谁有力量去拦堵？

像海洋的浪，

澎湃汹涌着的是我们的队伍。

今天，田野里伸出了

百十双反抗的手，

压榨机下人们掀起了铁坚的首；

是时代的怒吼！

是时代的动能的前奏！

力的喊叫卷起了一切古旧，

时代的马达轰动了！

啊啊！

时代末的决战的战斗！

啊啊！时代末的决战的战斗！

咆哮了的是大地！

震荡着的是宇宙！

铳炮干戈，……

长矛短刀，……

（怒潮呼号！

怒潮呼号！）

安排好了斗争的马达的脏腑，

田野里，挺三的一群

整队地走过，

斗争的马达的脏腑里，

唱出了战斗的歌！

（怒潮号号！

怒潮号号！）

二十、潜逃

世界着了火，

旧的世界难过这难桥！

地球碰着了彗星，
旧的世界行将粉碎了。
（尽管青年人的胸怀里
卷起了风狂雨暴，
尽管古旧的武装
奏出了时代的前进歌调。）
老头子们的两脚
战战兢兢地，颤摇，颤摇！
——官长……官长……官长……
抱住了装死的敌人，
敌人也当作亲人叫！
特别是烟氛中冲了出来的乡长，
一颗甜畅的心
更忽的变作皮球般地跳：

（世界着了火，
旧的世界难过这难桥！
地球碰着了彗星，
旧的世界行将粉碎了！）
——造叛，革命，乱暴，
——刑罚，畏缩，恐怖，
多年的积虑应验一朝；
一朝，女娲代炼丹难补老天的破漏，
一朝，精卫鸟衔石难填大海的怒潮！
——官长！官长！官长！……
请你的海量宽饶！……
刽子手被当作肉菩萨，
一张口不住地颤，不住地抖，
（排长不作声，
乡长的冷汗惊出了！）

多年的积虑应验一朝，

三十六计中上计是走。

生活把我们乡长教聪明了：

召集老辈的会议是脱身的善后，

自己前往乞求局长便是潜逃的心窍。

乡长左左右右画了个卯，

乡长，乡长暗藏着烟枪外出了！

二十一、入晚时分

同日的下午七点钟：

回光一度的把大地烧红，

霞踪被淘汰了在天空；

数颗星星惺惺忪忪，

睁开了久被太阳征服的眼，

田野间频吹着臭日焦的热风；

山凹口传来了一声喇叭，

忽的全村轰动！轰动！

——"大营来了"！

——"大营来了"！

快脚三到处喊叫

老妇人连牙根也打起了颤抖；

怀里的婴孩炯起了惊骇的眼睛，

灵敏的小狗被吓得

卷起了尾巴呆然了！

父老们一个一个在聚合，

（牙在抖！脚在摇！）

迎候着，等在岔路口，

依靠着真情的血泪，

他们想要感动武人的心头；

泪水虽然托不住坚心，

泪海结成了冰山时，

冰山上可架得起恐怖的难桥；

为要渡过这恐怖的难桥，

他们要忍受下十倍的煎熬，

他们要献出最后一分一厘的脂膏。

可是，可是，

那士兵，那魔鬼的行列，

被煽动起的恨毒

早已在心中缠绞：

一望见父老们，

二百多名士兵

就像急于捕鼠的猫，

一声命令，

子弹早溜出了枪梢。

"砰！砰！砰！"的声里，

跟着是"杀"！是"冲"！

刺刀的摇晃，人的跃跳，

那喇叭，一声声，一句句，

"凄凄凄！凄凄凄！……"

地府的阎君也几乎要塞住耳朵了。

看哟！看哟！

子弹在啸，子弹在啸！

穿过火热的胸脯，

射过腹，射过腰，

射过大腿，射入了屁股，

年高的老六叔公倒下了！

罕有出门的正清叔倒下了！

王祥四，仁七伯，俊仁五……

噢噢！哪一个独自能逃掉？

"嗳哟！……尔妈妈呀！……"

"嗳哟！……尔妈妈呀！……"

声的颤栗，肉的挣扎，

噢噢！呻吟、挣扎又代替了喊叫！

火星在父老们眼里迸！

世界在头脑上转，旋！

刀在摇，弹丸在啸！

山在跑，大地在吼！

房屋、坟墓、田野、溪沟……

在面前哟，跑走！跑走！

  ——大地储藏起

  一切罪恶与丑劣：

  早稻的颤栗，

  人的呻吟，

  溪流的潺潺！

  枪声的拍拍，……

  汇合着，汇合着！

  高山上打下来了！

  黯黝黝的夜幕。

二十二、夜

1

  夜，

高空，

流星在飞，

  低空，

   火箭在射，

  新月在睥睨。

星星，

  应着下界的枪声，

    铳声，

   呐喊声，

   奔逃的骚扰声，

怔悚地

眨着眼睛，

长挂着泪的晶莹。

田野间，
屋角头，
挺三的一伙
心头裂出了火。
枪在射，
刀在晃，
梭标在舞，
人在地下蹲倒，
愤怒中埋没了自我！

雷般地，
野兽般地，
营长在暴跳！
在怒叫！
密密的排枪的声响中，
机关枪又活动起来了：
对准田段，
对准屋前屋后，
火花，在黑暗中
闪跃，
扫射过低垂的早稻，
扫射过农民的低楼；
金光，在泥墙上
迸出了火花，
金光，又在瓦堆上
碰出了音头。
哦！
冲！
哦！
烧！
积草堆上被放起了火。
桁角上送出了"白白"的爆跳，

天空中卷起了黑的烟头；
红的火焰冲入了黑穹
黑穹在破漏，破漏了！

　　哦！
　疼！
　　哦！
　烧！
弟兄们站了起来，
"嗳哟！……"
"嗳哟！……"
　　弟兄们的肉身
　　被子弹找到了进口了。

　　"伏下，伏下，
　　向后山爬走！"
（挺三制止着，
　　　指挥着：）
　　走哟！
拖着受伤的兄弟走！
　　走哟！
我们的胜利在后头！

　　　　　2
　　　夜，
　　（月落了，
　　　火箭也射完了。）
　　流星在飞，
　　流星在飞！
星星，
　　熟悉了下界的枪声，
　　　　　铳声，

　　　　　　呐喊声，

　　　　　大地的吼声，

　　　　奔逃的骚扰声，

　　　森林里的风号声，

大胆地

睁开了大的眼睛：

　　谁？

　　谁的士兵？

　　（——谁去通了风？

　　　——远方，四郊，

　　　来了应援，

　　　　来了袭击了！）

这里一阵稀疏的排枪，

　　　　　　撼地的喊叫；

那边又一阵密密的鞭炮声，

　　　　　震天的喧扰！

　　　——火把中

鲜明的大旗在飘摇！飘摇！

　　　谁？

翻箱倒匣中

　　谁不吓了一跳？

　　（听！

　　枪声猛烈了！

　　人马逼近了！）

——报告！

——报告！

　　　匪兵来了！

　　几处有大旗，

　　几处有骚扰，

　　　人数不知多少！

（集队，

喇叭在叫。

——镇定！

——李连押后！

黑的影子

向着凹口溜走！）

哦！

杀！

哦！

杀！

官兵只过了一半，

一声呐喊，

谁的天兵又涌出了

冷森森，

两山高耸的凹口？

哦！

杀！

哦！

杀！

——兄弟不打兄弟！

——兄弟们！掉过枪头来！

——只要军官的头颅！

——兄弟们！掉过枪头来！

（星星，

胆怯了！

凹口：

冷风卷起了血腥，

凹口：

无数的幽灵在喊叫了。

——辞去看班的职责吧？
星星，
　　　他预备向夜神乞饶。）

二十三、晨

黑暗向着地底躲藏，
　　　　另一天，
　太阳又射出了
六月的火，
　　　凉风
　　又卷起了稻浪。
　　　像海波冲向岸，
　　　　冲到了山麓
　　又一一消亡。

　　　小绿旗
　　　被踏进了泥浆，
　倾斜的，
　　　残剩的插竿上
　　　　小青鸟在跳，
　　　　　在唱。

天际，
　　　有农田里冲起的
　　云雀
在飞，
　　　在飞；
天空里
　　画出了
　长长的
　浪，
　　浪！

190

浪！

浪！

只是，

　农民们多了无数的友军，

　人们更添多了一副

　斗争的心脏，

　永远离绝了

　　　　沉静，

　两个农民

　在凹口嘹望，

一个站在高冈，

手里的枪发着亮。

　除了乡长

　　早已逃走，

　　除了稍为有钱的

　　准备逃匿他乡；

王家庄里的

老老幼幼，大大小小

　　都起来了：

　　铁黑的手

　　要建造起铁黑的城墙，

　　每一颗赤心，

　为着时代，

　共着时代

　　"生存"或"死亡"！

二十四、六月流火——尾声

　　六月流火！

　　六月流火！

　　火在天空，

火在地上！
火燃烧了王庄！
火蔓延在各村落上！

六月流火！
六月流火！
火在天空，
火在地上！
火照耀着稻珠金黄！
火将烧出了新生命的辉煌，
辉煌！

鲁西北个太阳

奇怪！像石头击落到蜂案，
忽来一个消息卷起了满地风波：
——"范司令唔曾战死，
范司令还在前线领导！"
哪个唔鼓掌，哪家唔放炮欢歌？
英勇个老将军——范筑先，
像一个家长深嵌在老百姓心窝。
可是，可是，佢等终究失望了，
恶劣个消息比疫番薯还多，
范司令在世个传说，
像金砖投河，漩涡送着漩涡，
片刻间静下来了，静下来了！
肉身个战斗奔波，
换来了伟大灵魂个怒吼悲号，
范将军果真已在沙场睡倒，
佢走上了光荣个路道。

呵呵！范将军走上了光荣个路道！
那是十一月中旬个事，
十一月十三夜九点，
调兵遣将像老航海家摆布风涛。
谁说将军年纪老？
六十四岁个将军
相似青年壮士个英豪！
愈战愈勇，两次三番
日本鬼子曾狼狈败逃！
那不是坚强个见证！
当着撤退命令下，
一营兵加上三百个学生，
要在这块土地上发芽，生根……，
听呀！"厓等走得了，可怜
厓等个同胞有脚走不了！"
投掷给不抵抗将军（韩复榘）个
是一个果决：跟土地共死活！
哪怕敌人打由临清来了进攻，
单车队结成了铁的长蛇，
斜径里给敌人一个截袭，
绕由小道，加紧了速力，
又给佢等一个致命个打击。
第二次迎着敌人另一个侵袭，
四天四次个对仗，英勇搏斗
又打得鬼子匆匆逃逸！
山东省聊城县得到了紧急情报：
"有日本鬼子在香山偷渡，
日本强盗又来逞动干戈。"
十四日，果然，三架敌机
掩护着汽车卡车二十余辆，
在聊城南边强渡运河。
聊城东南五官庙一带

又出现了敌伪军一千多。
奋勇抗敌自有英勇个壮丁队，
然而，轰轰烈烈是敌人个炮火，
层层个火线终被敌人冲破。
几回失败个羞辱，日本鬼子呀，
今朝要来尽意在聊城伸报！
那时节，聊城城郊展开了剧战，
整个上午，人马纷纷像云涛，
云涛滚滚中通发出白刃肉搏歌。
东关上冲来了汽车同卡车，
运河堤畔整百敌军抱稳了死魔。
可悲惨呀，鲁台连台下，入夜，
中国军个地雷手榴弹又纷纷着恼，
七八十个日本鬼子已长在沙场培草。
聊城城里坐镇着范将军，
看吧！二十几个被占县份
业已一一从敌人手里夺得；
"铁人"个尊称，对于佢
一个由士军做到军官个将军
唔曾系浪费笔墨！
别人做官赚大钱，请听哟，
佢个得人惊处便在佢个清白：
可不是，他说了，
"像厓这么大个年纪
还为了赚钱来做官吗？
进赚钱这个时候便得享福了。
——胡子也这么长
还要在这里苦干！
请看看别人呀，
哪个不腰缠万贯？"
自身么个廉洁，
怎有红枪会众乡亲个团结？

听哟，尊仰着范将军，

三十个支队出现在鲁西北，

鲁西北个太阳照得大家

满脸透出了欢乐个光泽！

而沉着善战还更是佢个美德，

那一回，作战在濮县，

炮弹落在身边爆发，

一步也不后退，神勇感动了

官兵个坚决，依靠勇敢

扑灭了敌人，濮县个旗帜重又变色。

这一番呵，肃壮个十五日晨，

火线谱上了腔调由低趋高了。

聊城四门烟尘遮天，河山呼号，

沙石木屑织成了黑暗网罗，

高空翱翔着三架敌机，

三架敌机机关枪射向守军碉堡；

爬城个敌兵算是大难难逃，

喊一声"妈的"——可怜，

鬼灵也归不到三岛！

这时候，中国男子

没有一个空闲着手：

看吧，西门城防有个聊城县长，

　　经理处长，

更有军法处长在帮忙；

南门城防也不弱，参议张郁光

偕着秘书显刚强；

北门更有姚第鸿——

政治部主任今朝不惜弹丧。

而威风凛凛凛凛冽冽

东门坐镇着范老将，

健儿百个脸上个个放毫光。

东西奔驰受命奔走个

还有个营长林金堂，
来往布置巷战决存亡。
可怕，杀气冲天神难张目，
纵是白天好像也有厉鬼哀哭！
呵！是怎么一阵狂风哟，
狂风吹得天翻地覆：
北西南门破落了，
中国男人慷慨成仁
写成了并日月而光辉个悲壮曲！
这时东门城上仍有范将军，
范将军指挥作战沉着又忙碌：
可恨，敌军猛用大炮轰城门，
土城到底难承炮弹欲！
爬行又来敌军坦克车，
好比凶兽赶麋鹿；
坦克猛然擒上处女土城脚，
可怜呀，土城处女一朝遭奸辱！
东门城上仍有范将军，
范将军脚踏中华干净土，这时
黑暗纷纷四边密布着大地狱。
哦！大地狱哟，大地狱！
六十英雄今朝哪怕为国死，
但是明知大势已去，
慈心还要安置旧军属，
"厓将为国死！去吧，
尔等各自走生吧！"
跟着慷慨个咐嘱冲天
飞起了佢壮烈声响：
"中国抗战到底！
万岁！万岁哟！中华！"
一颗自家个子弹
打出自自家个手枪，

悲壮从此付与了范将军个名字，

范将军个生命呵，从今放了光芒！

六十多岁个生命不算怎么长久，

史册上个精神哟流芳千古！

而深受感动个是部下军属，

一个一个自杀殉难，

呀！一朝聊城上空飘起了忠魂曲！

忠魂曲，伟大个忠魂曲哟，

尔个歌奏，尔个歌奏，

将奏上伟大民族个幸福。

看呀！会写诗歌个

都请全来歌赞！

范将军殉难了！果真殉难了！

但是，山东站起了

无数万个儿童团，庄稼汉！

听吧！请倾耳一听，

伟大个誓词冲入了云端：

"斗争呵，斗争！

范将军死了，厓等继续干！

斗争会给与鲁西北

真实个太阳

光亮！"

一九三九年八月十八日完稿。

原载 1939 年 9 月 25 日《中国诗坛岭东刊》第 2 卷第 2 期，

同年 10 月 25 日《中国诗坛岭东刊》第 2 卷第 3 期。